Aline Brandalise

Às vezes me sinto uma espectadora da vida real

(crônicas)

1ª edição

Arte e Letra / Plural
2024

projeto gráfico **Frede Tizzot**

capa **Alberto Benett**

encadernação **Lab. Gráfico Arte & Letra**

BIBLIOTECA PLURAL
Uma série de livros que abarca crônicas, críticas
e contos selecionados pelo jornal Plural e publicados
pela editora Arte e Letra, em Curitiba.

© Editora Arte e Letra, 2024

B 817
Brandalise, Aline
Às vezes me sinto uma espectadora da vida real / Aline
Brandalise. – Curitiba : Arte & Letra, 2024.

140 p.

ISBN 978-65-87603-87-2

1. Crônicas brasileiras   I. Título

CDD 869.4

Índice para catálogo sistemático:
1. Crônicas: Literatura brasileira   869.4
Catalogação na Fonte
Bibliotecária responsável: Ana Lúcia Merege - CRB-7 4667

Arte & Letra

Curitiba - PR - Brasil
Fone: (41) 3223-5302
www.arteeletra.com.br - contato@arteeletra.com.br

Sumário

Apresentação...5

Diálogos normais...7

Meu pai ensinou o cachorro a falar.........................11

Vendedora de Chifres..15

Sentimentos complexos..17

Dois contos sobre a ex-vizinha íntima....................19

O frio e o caos..21

Rebobinar...23

Código Pastel...25

Bonito demais, credo...29

Sobre verrugas e outras coisas.................................31

A primeira lição (Caio caiu)......................................34

Pão banana pão...35

Preliminar..37

Como eu salvei o mundo da degradação.................38

Gente que é vendaval..40

Justa causa por cabelo sujo.......................................42

Muito ruim com plantas..44

Tá vendo aquele cara ali?...48

Ursinho polar...50

Desespero que vem de berço....................................54

Engano ortográfico sentimental...............................57

Juca, o injustiçado...59

O bode..63

Roubo sim, roubo não...65

Libertem as meias...69

Já chega!...71

AB, 7 anos, traficante...73

Os capirotinhos da vizinhança..............................78

Uhum, tá...81

Balbúrdia universitária...83

Extinção em massa do Boitatá...............................85

Era uma vez dois pinheirinhos..............................88

Coisas que eu tinha medo quando era criança........91

Mulher é toda "errada"...94

Na janela logo ali (Gabriel ecológico)...................98

A vida é ridícula...99

Fada sem defeitos...108

Poodle e Pinscher...110

Paraquedas..113

Tartarugona nervosa...116

Dura missão...118

Anos 1990..120

Disney, você mentiu pra mim!.............................122

Tudo é um bolo...126

Me deixa passar..129

Desperdício de potencial.....................................131

Menos, Aline...133

Sabe a Kombi Maizena?.......................................135

Sobre a autora..139

Apresentação

Às vezes me sinto uma espectadora da vida real.

Sentada. Atenta (talvez meio atenta). Comendo uma pipoquinha enquanto a encenação da vida desenrola e enrola de novo pra, em seguida, desenrolar bem na minha frente.

E eu sempre de fora. De longe. Do lado de cá da TV onde todos os canais são parecidos.

Nunca sei em que canal eu tô, porque é tudo tão igual...

Assisto e me distraio.

Fulana casou. Depois descasou. Beltrana teve bebê. Sicrana também. Tá todo mundo tendo bebê! Bebê tá na moda? Porque, por deus, em todos os canais têm gente tendo bebê.

Bebê e tênis branco.

Assisto e me comovo, torço e comemoro.

Não sei quem lá foi pro México, aquele outro foi pro bar e tem esse aqui que foi pro... cemitério.

— Sinto muito. Tão jovem.

E sinto mesmo. De verdade.

Só que de longe.

Naquela distância imprecisa de quem sabe, mas não sabe coisa nenhuma. Sabe?

Não é irritante esse sentimento? Saber dois segundos da vida de um monte de gente de quem a gente não sabe nada?

Mesmo assim, assisto.

E é esquisito imaginar que nasci pra plateia, já que meu interesse pela vida alheia tem tempo de duração menor do que um intervalo comercial.

Mas então quem sou eu nesse enredo?

Será que tenho alguma fala importante?

Será que meu nome aparece nos créditos?

Será que tô aqui pra ser alívio cômico enquanto os personagens principais brilham com seus dentes, bebês e tênis brancos?

Não sei.

Quem sabe eu só esteja na coxia esperando minha deixa pra subir no palco, chacoalhar meu traseiro ou minha mente (igualmente brilhantes) e mudar a história toda?

Será?

Mais pipoca.

Preciso de mais pipoca.

Diálogos normais

Pombas

— Sabe o que eu percebi agora?

— Hum?

— Que pomba não tem orelha.

— Quê?

— Pomba não tem orelha.

— Que pomba, Aline?

— Todas as pombas. Pomba não tem orelha.

— E daí?

— Daí nada, ué. Só percebi agora.

— Do nada?

— É. Tipo… Não tem, né? Elas devem ter algum orifício pra ouvir, mas orelha-orelha não têm.

— E?

— E acho errado.

— Hein?

— Você não acha errado? O bicho não ter orelha?

— Não. Você não tem asa.

— Verdade! Será que é uma coisa ou outra?

— Acho que tem a ver com o voo. As orelhas atrapalham.

— É.

— …

— Ou ajudam…

— Ajudam?

— Exemplo: o Dumbo…

— Ai, Aline, dorme.

Na farmácia

— Oi, tudo bem? Então, moço, tô com uma dor *fiadaputa* nas costas, tipo aqui em cima. Muita, muita dor mesmo. Nunca senti essa dor. E acho que vou morrer.

— E você fez alguma coisa diferente? Academia? Força? Bateu? Caiu?

— Eu só trabalho e durmo.

— Não sabe do que pode ser?

— Acho que é inveja.

— Hahaha. Deve ser. E você já tomou alguma coisa?

— Tomei o remédio X (não posso divulgar remédio aqui, se não vocês saem tomando tudo e daí morrem e daí a culpa é minha) e não adiantou nadinha.

— Nossa! Mas X já é o remédio mais forte que eu poderia te dar. Não adiantou nada mesmo?

— Não.

— Nadinha?

— Moço, olha pra mim, eu tô sofrendo.

— Então marca um médico. Mais forte que o X, só com receita.

— Sério?

— Sério.

— É que eu odeio médico.

— Mas precisa ir.

— Mas já fui hoje.

— Aonde?

— No médico.

— Você foi no médico hoje?

— Sim.

— E ele não te receitou nada?

— Eu fui num oftalmologista.

— ...

— Foi a minha dose de médico do ano.

— ...

— Posso tomar 2 comprimidos de X de uma vez só?

— Não, você não pode. Vai no médico.

— Tá.

Deus abençoe o farmacêutico da farmácia perto da minha casa.

Uber novato

— Moça, posso seguir o GPS?

— Pode, sim.

— Quer uma água?

— Não, obrigada.

— Tem balinhas ali, ó.

— Tá bom, brigada.

— O ar tá bom assim? Prefere que abra a janela?

— Tá tranquilo assim.

— Quer que mude de rádio?

— Não. Tá tudo bem.

— Tô falando demais?

— Ah... Não sei.

— É que eu comecei agora a fazer Uber. Acho que é minha trigésima corrida.

— É? Legal.

— Estou aprendendo que alguns passageiros preferem ficar em silêncio, outros gostam de conversar.

— Ah, sim.

— Você prefere o quê?

— Quê?

— Você dá 5 estrelas pra quem fica mais quieto ou pra quem fala bastante?

— Eu dou 5 estrelas pra quem não me mata.

— Quê?

— Quê?

Silêncio.

Cheguei em casa viva.

Adorei.

Parabéns.

5 estrelas.

Meu pai ensinou o cachorro a falar

Tem cachorro que salva as pessoas de incêndios, que acalma crianças no meio de crises, que guia deficientes visuais, que identifica bagagem com droga, que fica, vai, salta, finge de morto. Tem cachorro que fala.

— Ai, AB, não exagera.

Eu juro!

Meu pai ensinou nosso cachorro a falar.

Na verdade, ele mais obrigou o cachorro a aprender a falar. Chantageou o cachorro até ele falar. Enfim...

Funcionou.

Foi assim: um belo dia, nosso cachorro tava de boas na vida quando deu uns gritos muito altos de dor e ficou choramingando por vários minutos.

Tentei ver o que tinha acontecido, mas não consegui identificar nenhum machucado nem nada.

Passou. Mas desde esse dia ele parou de comer ração.

Não aceitava mais.

Não chegava nem perto do pote.

Trocamos a marca e nada. O bicho não queria mais comer.

Um dia eu resolvi fazer igual com criança.

Chamei ele pra perto do pote e fiquei.

— Hummmm, que ração mais deliciosa. Hummm, que gostoso. Vou comer sozinha tudinho. Que delícia. Ainda bem que o Tikinho (meus cachorros sempre tiveram nomes bobos, perdão) não quer e eu posso comer tudo isso sozinha.

E aí enfiei a mão no pote.

Meus anjos… meeeeeeus anjooos… que erro.

Foi a minha vez de gritar de dor e ficar choramingando por vários minutos.

Acontece que o pote do coitado do cachorro foi invadido pelas menores e mais cruéis formigas de todo o mundo.

Elas eram minúsculas e seu corpo era um vermelhinho translúcido, impossível de enxergar ali no plástico do pote, na ração ou no carpete escuro.

Mas que dor!!!!

O pobre, o doguinho, tinha ficado traumatizado depois de levar umas mordidas (Mordidas? Ferroadas? Picadas?) das bichinhas na língua.

Jogamos veneno, acabamos com elas, compramos pote novo, trocamos o lugar do pote, mas NADA resolveu.

O Tikinho passou a associar o pote da ração com a dor que sentiu e não chegava perto de jeito nenhum.

Conclusão: passamos a tirar um punhado de ração do pote e dar pra ele no chão, no sofá… aí ele comia.

E o bicho é esperto. Então, quando sentia fome ele olhava pro pote e pro humano mais próximo e choramingava.

Tá.

Agora vem a parte do meu pai e a chantagem.

Um belo dia, lá estava o dog choramingando pedindo ração pro meu pai, quando foi estabelecido o seguinte diálogo (sim):

— Ain ain au au au row

— O quê que você quer?

— Ainnnn

— É ração?

— Auau ain

— Então fala "ra-ção".

— Auau

— Não. É ra-ção.

— Ain ain

— Ra-ção.

...

Só sei que o bicho só ganhou seu punhado de ração no sofá, longe do pote malvado que pica a língua dos dogs bonzinhos, depois que ele emitiu sons que foram parecidos o suficiente com ra-ção, aos ouvidos do meu pai.

E esse exercício passou a ser constante.

E o bicho é esperto.

Ele aprendeu.

Então, nem tinha papo mais. Ele chegava pro meu pai e falava RáRaum (leia em língua de cachorro).

E meu pai todo orgulhoso:

— Ele quer ração. Diga pra ela o que você quer, ela não ouviu.

— RáRaum.

— Viu, ele quer ração!

E foi assim que meu pai obrigou meu cachorro a aprender a falar pra conseguir um punhado de comida livre de formigas vindas do inferno.

Cachorros são demais!

Eu juro que um dia eu cheguei em casa e ouvi:

— O que você quer?

— RáRaum

— Então, peça "por favor".

— RáRaum

— RA — ÇÃO — POR — FA — VOR

Se ele tivesse vivo, aqui nesse plano, ele ia dizer: você tá inventando, Aline!

Mas eu sei o que eu ouvi.

(Ele, nesse caso, é o meu pai. O Tikinho não ia conseguir falar uma frase desse tamanho... A não ser talvez por um bife.)

Vendedora de Chifres

Teve uma fase na minha vida, em que eu vendia chifre.

É isso mesmo.

Eu vendia chifre, sem medo de ser feliz.

— Ai, AB, que horror! Você era dessas?

Era sim. Eu e minha prima.

Nós éramos sócias nesse negócio.

A gente tinha uns 7, 8 anos e, num belo dia, resolvemos vender chifres no quintal da casa da minha vó, pra todo mundo que passava na rua.

Calma, vou explicar.

Os chifres eram uns galhos de uma árvore que tinham formato de chifre.

Basicamente era um Y formado de madeira.

A gente montava nosso negócio com chifres de vários tamanhos expostos na calçada perto do portão, e aí a gente vendia pra quem passava.

— Como assim vendia, AB?

Ué... vendendo. Eles tinham preços e aí a gente oferecia, tipo:

— Oi, moço, quer comprar um chifre? Tem grande, tem pequeno, tem médio, e se levar dois tem desconto!

E o melhor (ou pior)!

Nós tínhamos uma música pra divulgar os produtos. Um *jingle* dos chifres. E, obviamente, uma coreografia pra acompanhar. E sim, a música terminava com "organizações tabajara".

Se você leu cantando, então você, com certeza, tá pra lá dos *trinta*.

A maioria das pessoas, ou possíveis clientes, ria. Algumas não paravam pra ouvir. Outras davam moral e diziam que já bastava os chifres que tinham na cabeça... essas coisas.

A gente não tinha vergonha de falar com as pessoas na rua. Era uma habilidade que eu admiro muito.

Também não tínhamos essa noção de perigo que temos hoje.

Se você vê, hoje, duas lindas menininhas cantando, dançando e conversando com mulheres e *homens* desconhecidos que passam na rua, separadas apenas por um portão baixo, isso acende uns 39 tipos de alerta de perigo na sua cabeça.

Mas na época, e na cidade em que a gente morava, era algo tranquilo, sabe?

Foram sábados e sábados vendendo chifres na casa da vó.

E quer saber?

Pessoas *compraram* nosso produto.

Uhum.

Porque somos boas vendedoras.

Juro, juradinho.

E como o produto tinha custo zero de produção, toda a verba foi investida em doces de bar.

— Doces de bar, AB?

Sim. Porque no bar você comprava pinga e doces.

Então ele era frequentado por bêbados e crianças.

— Os anos 90 foram errados pra caramba, né?

É. Saudades.

Sentimentos complexos

Deixa eu explicar como funciona minha cabeça.

Eu tava cozinhando, quando quase morri do coração ao descobrir uma barata morando atrás da minha pia.

Não debaixo da pia. Atrás mesmo. Numa frestinha minúscula.

Eu acho que ela é enorme porque as antenas são enormes. Mas não consigo ver a barata inteira. Só as antenas e uma parte da cabecinha.

Ela fica aparecendo assim no cantinho e me dando três tipos de desespero.

E eu não consigo ter acesso a ela de jeito nenhum.

Esses são os fatos.

Agora aqui vão os meus pensamentos sobre os fatos:

— Ai, meu deus, que nojo, que nojo, que nojo. Olha essa barata enorme aí. Que nojooooo.

— Ai, socorro, ela tá se mexendo. E agora? Ai, meu deus. Eu não vou ficar aqui. Nojo, aaaah.

— Como é que eu vou fazer pra matar essa *fiadaputa*? Eu não consigo. Ai, cacete e se ela sair dali e andar em cima das minhas xícaras com aquelas patinhas?

— Você é nojenta. Aaaaah, que ódio, o que eu faço, o que eu faço?

— Mexeu, mexeu! Socorro, socorro. Eu nunca mais vou entrar nessa cozinha. Nunca mais. Eu não preciso de cozinha. Posso comer sanduíche pra sempre.

— Ai, cadê ela? Não tá... Tomara que tenha sumido. Morrido.

— Aaaaaaaaaaaaaaah, olha ela aí, aaaaaaaaaah.

— Ai, cacete, por que ela não sai dali? Será que ela tá presa e não consegue sair?

— Será?

— Ai, gente... Será que é isso? Será que ela tá presa, sofrendo ali atrás?

— É isso, sim. Ela tá sofrendo, eu consigo sentir. Por isso mostra a cabecinha toda vez que eu apareço. Ela tá pedindo minha ajuda.

— Ooooh meu deusuuu, olha esses olhinhos de sofrimento, pobrezinha.

— Ai, meu deus, dona baratinha, você tá sofrendo aí? Oh, coitadinha da tia AB... Mas como eu vou te ajudar?

— Preciso salvar a dona baratinha, como eu faço, como eu faço?

— Coitadinha, coitadinha. Ela tá sofrendo e eu não consigo fazer nada. Meu deus, meu deus, meu deus. Calma amiga. Calma.

— Aí, dona baratinha, a senhora é maravilhosa. Me perdoa não conseguir te tirar daí? Me desculpa te chamar de nojenta? Me perdoa por querer te matar. A senhora é perfeita e deus te fez desse jeitinho aí. Quem sou eu pra julgar, não é mesmo? Sem defeitos, sua *anja*.

— Tomara que você saia daí e seja muito feliz dona barata. Por favor, se esforça um pouquinho. Você consegue. Vai amiga!

(Barata do nada cai no chão e corre pra debaixo no fogão)

—AAAAAAAAAAAAAAAAAAAAAAAAAAAAAAA AH. FIADAPUTA, AAAAAAAAAAAAAAH

— Eu nunca mais vou entrar na cozinha, eu não preciso de cozinha.

Dois contos sobre a ex-vizinha íntima

01: A panela

Eu não tenho panela de pressão. Porque eu não quero morrer explodindo e obrigar alguém a limpar toda a minha gosma e tripas espalhadas pela cozinha.

Eu não gosto de explodir e nem de bagunça na cozinha. Por isso não tenho panela de pressão.

Levo 50 minutos fazendo uma sopa. Umas 2 horas e meia cozinhando pinhão.

É uma escolha. É minha escolha.

Maaas... a cozinha da minha vizinha íntima fica quase grudada com a minha.

E ela tá o quê? Cozinhando numa panela de pressão.

E a panela tá o quê? Fazendo o 'sssshhhh' da morte.

E eu tô o quê? Me mijando de medo.

É muita falta de consideração!

Ou vocês acham que, se a panela dela explodir lá, eu não vou explodir junto? A gente tá grudada! Vai misturar a minha gosma com a gosma dela, com certeza. É gosma em dobro, cozinha bagunçada em dobro. Um horror.

Tô irritadíssima!

Tudo bem que a gente nem sabe o nome uma da outra, mas isso de "usar panela de pressão ou não" é o tipo de decisão que claramente pode afetar nossa vida e a limpeza das nossas cozinhas, então devia ser uma decisão *nossa*, e não uma decisão dela.

Menina egoísta.

02: O boy comilão

A minha vizinha (essa mesma) arranjou um namorado. Ele parece bacana. Lavou a louça ontem e chamou a vizinha de amor.

Hoje, estava eu a cozinhar cenouras quando ouço os dois papeando na 'cozinha logo ali'.

Não é que eu queira ouvir. Só não tenho escolha.

Aí ela perguntou: Amor, o que você quer comer?

E vocês não sabem o que ele respondeu!

Na verdade, vocês sabem. É clichê, né? Quem nunca?

"Quero comer você!"

Na hora, fiquei corada. Me senti uma intrusa.

Mas agora com esse "sssshhhh" da morte vindo da panela de pressão dela, eu só consigo pensar que, se ela tivesse topado a proposta dele, eu não tava aqui com medo de explodir e sujar a minha cozinha inteira com as minhas gosmas.

(Já a cozinha deles eu não garanto.)

O frio e o caos

Existe um drama que a gente não tem como evitar: o das calcinhas largas e altas, absolutamente necessárias numa sociedade gelada igual esse pequeno e amado inferno sem alma chamado Curitiba.

Porque se há uma coisa capaz de levar qualquer mulher a uma crise existencial é quando a calcinha resolve entrar entre as bandas da bunda quando você está com 7 camadas de roupas delicadamente arquitetadas na noite anterior de uma forma tão perfeita em que uma camada de blusa/meia/calça encaixa na outra, criando uma estrutura complexa que leva em média 45 minutos pra ficar pronta.

E aí você anda elegantemente (porque as pessoas só veem a camada de fora e não o pijama furado com estampa dos ursinhos carinhosos que está por baixo) e quase sem poder se mover, com a consciência de que é um dia em que o xixi vai ter que esperar até o último segundo porque ir ao banheiro é um sacrifício, não só pelo frio, mas pelo tempo pra organizar o esquema da camada de meia-calça que prende a primeira camada de blusa, que prende a camada de calça de pijama, que prende a segunda camada de blusa, que prende a camada da calça jeans, que deixa solta a terceira camada de blusa, mais o casaco e o cachecol.

E
aí
a
calcinha
se

enfia
no
meio
da
sua
bunda.
Eu chamo isso de caos.

Rebobinar

Uma informação (bem) aleatória que eu carrego no meu arquivo de informações aleatórias é a de que as pessoas não rebobinavam fitas pornô antes de devolver na locadora.

— Meus deus, AB!

Péra... Calma.

Antes de qualquer coisa:

1. Se você é jovem demais pra entender o que é uma fita ou uma locadora, saiba que antes de existir Netflix, existia DVD, e antes de existir DVD, existia fita VHS que a gente alugava em videolocadoras. E depois devolvia.

2. Se você é jovem demais pra saber o que é pornô... bom... tá fazendo o quê aqui? Vai brincar!

Agora deixa eu explicar.

Eu não locava fita pornô.

Mas eu morava na frente de uma locadora.

E uma vez o videocassete da locadora estragou, e a vizinha pedia pra gente rebobinar as fitas que os clientes "esqueciam" de rebobinar.

Foram algumas semanas até o videocassete dela voltar.

E a estatística baseada em fatos totalmente reais, é de que a cada dez fitas não rebobinadas, nove eram de filmes pornô.

Sim.

Rebobinei muito filme pornô nessa minha vida lá pelos 15, 16 anos.

Vou colocar isso no meu currículo pra valorizar.

Agora, eu pergunto para você: por que, especificamente, os filmes pornográficos não eram rebobinados? Hein?

Coincidência não era, não.

E eu mesma respondo: a velha culpa cristã pós-satisfação dos impulsos carnais.

A pessoa ficava tão confusa que arrancava a fita do vídeo depois de "terminar", e aí só devolvia a fita correndo. Assim mesmo.

Posso calcular o tempo de satisfação do brasileiro médio, levando em consideração o tempo assistido nas fitas que eu rebobinava.

Nossa!

Eu podia ter feito isso, de verdade!

Eu devia ter baseado meu TCC nessas informações!

Só fico com pena dos produtores desses filmes porque, sabe... ninguém valorizava o trabalho dos caras... nem assistiam até o final.

Puta sacanagem.

Né?

Código Pastel

Uma das piores ideias da minha vida, foi a decisão que tomei com meu amigo, de ter um código pra um avisar o outro que o outro não devia ir pra casa, porque o "um" estaria com um "terceiro" (provavelmente no quarto).

Confuso?

Péra, vou explicar melhor.

Quando meu melhor amigo foi morar comigo, éramos ambos jovens, bonitos e solteiros, além de muitíssimos confiantes, porque a gente *jurava* que pegaríamos muitas pessoas e, portanto, precisávamos com urgência de um código discreto e certeiro para avisar o outro que iria levar um peguete pra casa.

A partir do aviso, a missão do colega triste e solitário era *sumir* por algum tempo, deixando o colega pegador à vontade com a "visita".

Porque o apartamento era relativamente pequeno, sabe?

E esse era nosso limite de intimidade previamente estabelecido.

Morar junto? OK.

Dividir as contas? Beleza.

Fazer *skin care* como duas madames assistindo algum programa de chorar na internet em pleno sábado à noite? Ótimo.

Mas ouvir meu BFF pegando mulher no quarto ao lado? Não.

Limites são importantes.

Então o código seria a nossa "meia na maçaneta", igual aqueles filmes americanos dos caras que dividem um quarto na universidade, sabe?

Só que sem meia e sem maçaneta. Apenas com um código muito bem bolado (não).

O plano era bom.

A gente pecou na execução.

Porque, não sei em que momento dessa estratégia, resolvemos que o código seria "comer pastel».

Sim.

A princípio parecia uma mensagem ótima pra um código desses, porque não remete a nada sexual.

E era discreta o suficiente pra ser dita, inclusive, em voz alta numa roda de amigos, se fosse necessário.

Imaginem o diálogo:

— Bob (codinome discreto pro meu amigo que todo mundo sabe que não se chama Bob), acho que saindo daqui vou comer pastel, tá?

— Opa, beleza. Sucesso na comilança. Aproveita, amiga. Se lambuza! Arrasa no pastel!

(Amigos na mesa do bar pensando: Meu Deus, ela deve curtir muito pastel.)

Ou então:

— Aline, combinei com a Fulana de comer pastel esse sábado, beleza?

— Belê! Só não sujem meu sofá.

(Amigos pensando: Que zelosa com os móveis que a AB se tornou, quem diria!)

Só que… tinha um pequeniníssimo detalhe, que ignoramos ao eleger esse código.

O fato de que a gente comia muito pastel.

— Uuuuuuuh, safadinhos!

Não, não.

Aí que tá.

A gente *realmente* gostava *muito* de comer pastel.

Tipo... massa, queijo, carne, chocolate, fritura.

Resultado? Se instaurou uma imensa confusão!

— Aline, comprei massa pra comer pastel hoje.

— Opa. Tá. Beleza. Vou ao shopping, então. Posso voltar lá por umas nove?

— Quê?

— Ah... até as nove você acha que o pastel já foi bem servido? Com sustança assim... sabe? Apetite saciado? Ou cê vai fazer um rodízio de pastel a noite toda e precisa que eu durma fora?

— Amiga... eu tô fechando pastel a tarde inteira. Sério.

— Fechando? Tipo... combinando pra comer mais tarde?

— ALINE, PELAMOR, SÓ VEM PRA CASA E TRAZ UMA COCA GELADA.

— Ah, tá.

Outro exemplo:

— Bob, vou comer pastel hoje com o Sicrano, beleza?

— Ai, que delícia! Posso comer também?

— NÃO, CRIATURA, VOCÊ NÃO PODE COMER TAMBÉM! ECA.

— Ai, meu deus, não era issooooo!

UM

GRANDE

CAOS.

Não façam códigos burros.

(Obs: os diálogos acima transcritos não têm o compromisso de estar 100% de acordo com a realidade.

OU SERÁ QUE TÊM?
Vocês nunca saberão.)

Bonito demais, credo

Eu tinha terminado um namoro longo fazia pouquíssimos dias. E eu sou o tipo de pessoa que não tem pessoas na geladeira. Sabe?

Se eu tô com alguém, eu não tenho "reservas"... não tem fila de espera. Não tem contatinhos marotos.

Então, eu nem imaginava como ia começar a conhecer pessoas, porque ninguém que eu conhecia estava na classe de possíveis candidatos pra beijar meus lábios de mel.

Mas eu queria conhecer pessoas. Entende?

Eu tava doida pra flertar.

Doida.

E o universo saca essas coisas e meio que faz acontecer.

Aí um cara que eu não conhecia, mas tinha meus contatos por motivos profissionais, veio conversar comigo e marcamos de nos conhecer. Assim... do nada.

E ele era muito, muito, MUITO bonito.

— UAU, AB! E aí?

E aí eu fiquei totalmente atordoada e comecei a falar com ele sobre sereianos e duendes e extraterrestres e essas coisas.

— Credo, AB, mas por quê?

Não faço ideia.

O cara bonito ficou lá, coitado, tentando entender de que planeta bizarro eu tinha saído.

E eu tentando explicar pra ele que não era bem de um planeta, mas de uma estrela de onde chegam alguns espíritos com uma cladividência maior...

Sabe? Louca.

Coitado.

Aí, uma hora o papo tava tão doido, que achei que a gente seria apenas amigos mesmo, que não ia rolar nada porque eu já devia ter assustado o cara daqui até a sua quarta reencarnação.

Mas ele me beijou!

Tão chocados?

Bem focado, o moço.

Já falei que ele é um cara bonito? Porque ele é. Bonito mesmo.

Não tô me achando, não. O apelido dele é Thor.

Olho azul, cabelo comprido, barba e *turu põm*.

Mas o que eu ia contar mesmo, é que depois que o beijo acabou, eu olhei bem no fundo daquela imensidão azul dos seus olhos e disse algo que marcaria nosso relacionamento pra sempre...

Eu disse isso de forma séria, porque era algo sério pra mim e que eu precisava expressar naquele momento.

Eu disse:

Você parece Jesus.

Fim.

(Cês conseguem entender por que que eu tô solteira? Porque eu consigo.)

Sobre verrugas
e outras coisas

Quando eu tava na sexta série, surgiu no meu braço, na parte interna bem perto do cotovelo, uma verruga.

E depois outra, bem ao lado.

Na época a gente não acessava o Google pra saber se ia morrer quando coisas estranhas apareciam no nosso corpo, então eu não fiz nada sobre elas.

Aliás, fiz sim. Simpatia. Várias. Mas nada aconteceu. Elas viveram ali por, sei lá, uns dois anos acho... até que esqueci que elas existiam e aí, um dia, do nada, elas deixaram de existir.

Mas, antes de não existirem, elas existiram. E eu odiava. Eu morria de vergonha. Eu passava horas dos meus dias odiando o fato de ter duas pequenas verrugas na parte interna do braço, bem perto do cotovelo.

Essa coisinha que ocupava de maneira inocente (ou de maneira mortal... nunca procurei no Google) uns 0,0002% do meu corpo e me fazia odiar ser quem eu era.

Tá.

Aí eu me apaixonei.

Pela primeira vez e à primeira vista.

Na cantina da escola.

Eu fui lá antes de bater o sinal do recreio e a cantina tava fechada, mas da grade eu vi...

O menino com nome de fruta tava lá dentro, mesmo com a cantina fechada.

Ele tava comendo um rissoles, e aí me olhou.

E eu me apaixonei.

— Nossa, muito romântico, AB. Mas o que uma coisa tem a ver com a outra?

Tudo.

É que eu me apaixonei na sexta série pela primeira vez, mas tinham duas verrugas na parte interna do meu braço bem perto do cotovelo e isso fez toda a diferença.

Eu já tinha vergonha das verrugas e já odiava elas. Mas depois dele, eu nunca mais tirei o moletom. Nunca mais.

Foram uns 200 dias escolares usando moletom porque eu JAMAIS poderia permitir que ele desconfiasse que elas estavam ali.

Ali nesse 0,0002% do meu corpo!

Vai que eu ficasse de camiseta e ele se concentrasse bem lá? Nesse ponto exato?

Ele ia me odiar na hora. Certeza. Certeza.

Então: Moletom. TODO DIA.

Eu era uma pré-adolescente de uns 12 anos, então obviamente tinham outras coisas no meu corpo que eu odiava. Espinhas, gordurinhas a mais, peitos a menos, testa ensebada... sei lá... mas eu nem tinha tempo de pensar nisso porque as verrugas me ocupavam por tempo demais.

Eu dei um jeito de me aproximar do menino. Porque sou dessas. E eu sabia que ele também gostava de mim. Porque também sou dessas.

Mas eu nunca tive coragem de falar nada. E eu NÃO sou dessas.

A culpa foi das verrugas, tenho certeza.

Mesmo com o moletom, elas acabaram com minha autoconfiança aos 12 anos. Malditinhas.

Se essas *fiasdaputa* não tivessem nascido na parte de dentro do meu braço bem perto do cotovelo quando eu estava na sexta série, exatamente no ano em que fui na cantina antes de bater o sinal do recreio e me apaixonei à primeira vista pelo menino comendo rissoles, hoje, provavelmente, eu estaria casada com ele e cuidando dos nossos dois lindos filhos com nomes de fruta.

— Não estaria, não, Aline, não viaja.

ESTARIA, SIM!

Então, fica aqui meu questionamento: Qual é a verruga que tá te impedindo de se declarar pro menino do rissoles?

(Leia-se: Qual é a pequena coisinha que tá te impedindo de ir atrás do que você quer?)

Porque se essa verruga não for o Código Penal, então, NÃO VALE A PENA.

Eu garanto.

A primeira lição (Caio caiu)

A primeira vez que eu pisei na escolinha (a famigerada creche), já era meio do ano e todas as crianças já se conheciam.

Entrei bem chateada e a "tia" falou pra todo mundo.

— Essa aqui é a Aline. Ela vai estudar com a gente.

Todas as crianças cagaram pra minha chegada e seguiram sua vida normalmente, enfiando o dedo no nariz, comendo cola e rabiscando as paredes.

Todas menos uma.

Um menininho alto e sorridente veio pulandinho até a minha frente e disse o seguinte:

— Oi. Meu nome é Caio.

Eu:

— Caio?

Ele:

— É. Caio de Caio e caiuuuu.

Aí ele se jogou no chão simulando um tombo.

O Caio literalmente caiu.

Entenderam?

Caio caiu!

Depois ele ficou lá no chão gargalhando, se achando muito engraçado.

Fiquei mais feliz depois disso.

Caio me mostrou que rir de si mesmo era uma coisa maravilhosa e que isso deixava as pessoas ao redor mais confortáveis consigo mesmas.

Obrigada Caio.

Eu nunca esqueci.

Pão banana pão

Consultório de dentista.

Sala de espera.

Atraso e chateação.

Jogo da minhoquinha no celular pra distrair.

A recepcionista resolve conversar com a moça da limpeza.

— Acredita que eu ainda tô com fome?

— Cuidado que isso é solitária, hein!

— Quê?

— Aquele verme gigante que fica no estômago.

— Ah, sim. *(Risos)* Acho que estou com isso mesmo.

— Então vou te ensinar um jeito de curar solitária.

— Hum?

— Aprendi com um vizinho. É assim, você faz um sanduíche de pão com banana. E come todo dia às 9 da manhã. Pão banana pão. Assim. E tem que ser no mesmo horário todo dia. Entendeu?

— Hum.

— E come por 12 dias seguidos sempre no mesmo horário. Assim: primeiro dia: pão banana pão, às 9 horas; segundo dia: pão banana pão, às 9 horas; terceiro dia: pão banana pão, às 9 horas; quarto dia: pão banana pão, às 9 horas...

(Nesse momento, eu ainda olhava o celular, mas minha minhoquinha do jogo já tinha se estrangulado, eu nem ligava mais pro atraso do dentista, a chateação deu lugar a expectativa e meus ouvidos estavam atentos pra saber a relação do sanduíche de banana e a morte da solitária. E por que – ó, meu deus – precisava ser às 9 horas? Que magia era essa? Eu estava determinada a ouvir a conversa até o fim).

— ... décimo primeiro dia: pão banana pão, às 9 horas. Aí no décimo segundo dia, você se prepara, e às 9 horas em ponto você come só o pão.

— Tá, e daí?

(Essa hora eu já tinha desistido de disfarçar. Minha atenção era dela e daquele método revolucionário incrível! O dentista que não ousasse me chamar. Eu tinha algo mais importante que meu tratamento odontológico. Eu me sentia hipnotizada pela narrativa repetitiva e determinada que aconselha a prática de um ritual em busca da cura quase milagrosa dos males causados pelo verme comprido responsável pela fome infinita).

— Aí que tá, presta atenção!

(Eu tô prestando, eu juro! Dá-me sabedoria!).

— Quando a solitária sair pela sua goela pra buscar a banana... você agarra a bicha com força e puxa!!!!

Risadas altas.

Vergonha e humilhação.

Jogo da minhoquinha.

Cuidado ao ouvir a conversa dos outros.

Pode ser uma piada ruim muito bem estruturada.

Preliminar

Não entendo essa gente que acha que só penetração é sexo e todo o resto é preliminar.

Porque… cá entre nós… preliminar mesmo é cortar a unha do dedão do pé.

É dar boa noite pro seu porteiro quando chega no seu prédio.

É rir das mesmas bobagens que você.

É caprichar no desodorante.

É escolher uma cueca sem furo.

É perguntar o signo solar, lua e ascendente e depois buscar no Google se vocês combinam.

É mandar foto do cachorro dormindo no meio das cobertas.

É espirrar um cheirinho no lençol.

É te perguntar o que você gosta de ouvir.

É mandar memes ao longo do dia.

É dar uma varrida no chão antes de te chamar pra assistir um filme.

É escolher uma série que só pode assistir ao seu lado, e que assistir sozinho configura como traição do mais alto grau na escala de crimes imperdoáveis.

É dizer que você cheira a algodão-doce.

É sorrir quando te vê.

É comprar a batata palha pro strogonoff.

O resto, é sexo.

Então, caprichem.

(Inclusive no strogonoff.)

Como eu salvei
o mundo da degradação

Anos 1990.

Cena 1

Duas crianças de 6 e 7 anos seguem, felizes e saltitantes, para a escola, entoando uma linda canção.

Fui convidado para uma tal suruba, não pude ir Maria foi no meu lugar. Depois de uma semana ela voltou pra casa, toda arregaçada não podia nem sentar...

Com a letra na ponta da língua, a animação no coraçãozinho meigo das duas crianças, ia crescendo com a chegada do estonteante refrão, sua parte favorita do sucesso musical.

Roda, roda e vira, solta a roda e vem, já me passaram a mão na bunda e ainda não comi ninguém...

Uma anciã, cheia de pudor, passa pelas alegres e cantantes crianças, e joga por sobre elas seu olhar carregado de julgamento junto de suas palavras apocalípticas:

— Que horror! Duas crianças cantando essas besteiras. Onde esse mundo vai parar? É o fim, mesmo!

Envergonhados por suas ações e preocupados com as possíveis consequências que sua canção favorita pudesse causar para o futuro do mundo, as duas crianças, não mais tão saltitantes, se olham e tomam uma importante decisão.

Chega! É hora de ter cuidado com as palavras que saem de suas bocas. Não querem ser responsáveis pela degradação da raça humana ou pelo fim da inocência de toda uma geração.

Depois desse dia, tudo seria diferente.

Cena 2

Duas crianças de 6 e 7 anos seguem, felizes e saltitantes, para a escola, entoando a linda canção:

Fui convidado para uma tal suruba, não pude ir Maria foi no meu lugar. Depois de uma semana ela voltou pra casa, toda arregaçada não podia nem sentar...

Com a letra na ponta da língua, a animação no coraçãozinho meigo das duas crianças, ia crescendo com a chegada do estonteante, porém agora censurado refrão.

Roda, roda e vira, solta a roda e vem, já me passaram a mão na _____ e ainda não comi ninguém!

Problema resolvido.

O futuro do mundo estava salvo.

De nada.

(Vocês também tapavam a boca com a mão na hora de cantar "bunda" por que não podiam falar palavrão? Porque eu sim.)

(O resto das palavras a gente cantava sem nem saber o que era.)

(Se você não conhece esse clássico talvez você não tenha idade pra ler as besteiras que eu escrevo.)

(O sentido das coisas está nas coisas ou na sua cabeça? Reflita.)

(Saudades de ser convidada pra uma tal de suruba.)

(Brincadeira, mãe.)

Gente que é vendaval

Tem gente que é vendaval, né?

Chega bagunçando seu cabelo, levantando sua saia, tirando tudo do lugar, te virando de ponta-cabeça, e você não tem nem tempo de raciocinar, de traçar um plano, porque quando vê já tá no meio do caos, e aí... bom... aí ele vai embora. Bagunçar outro canto do mundo, sei lá. E só sobram os destroços e aquele ar parado. Meio morno, meio morto. Você fica feliz, porque até que enfim passou, mas fica perdida, porque não sabe como faz pra viver nesse mundo sem agonia e emoção. E... meu deus! Tem tanta coisa quebrada!

Tem gente que é brisa fresca no dia quente. Quando chega, dá um alívio imenso, uma sensação que tem mais ar, mais vida, mais movimento. E você até agradece. Cada encontro é um afago diferente que te faz sentir sensações que você nem sabia que tinha. É bom. É ótimo. Mas não se engane, a brisa também vai embora. Só que não causa os mesmos estragos. Também não deixa tantas marcas nem tantas histórias pra contar. Só uma sensação de que era legal, sabe? É... era bem legal.

Tem gente-tempestade, gente-trovão (é só cabrum e cabrum), gente-calmaria (preguiça que me dá), gente-erupção--vulcânica, gente-seca-prolongada, gente-chuva-de-granizo, gente-garoa-fina-num-dia-gelado-pra-cacete, gente-sol-de-inverno (como eu amo, socorro!) e gente-ressaca (que chega trazendo todo o lixo que já tava esquecido lá no fundo).

É assim. Tem gente que chega pra perturbar e gente que chega pra acalmar.

E normalmente dá pra saber meio de cara. É só acessar o Climatempo que fica bem no meio da sua intuição.

Mas tem gente que não dá, não tem como saber.

Que inferno de gente imprevisível!

Vai ver também tem gente que é uma terça-feira qualquer no meio de um mês qualquer, em Curitiba, quando a cidade resolve surtar e fazer 37 tipos de tempo ao mesmo tempo, e você não sabe se leva um guarda-chuva, um casaco de lã, um biquíni, uma canoa, um escudo a prova de sentimentos ou, sei lá... um sorriso aberto.

É pesado carregar tanta bagagem, né?

Acho que esse é o tipo de gente que eu menos gosto.

De terça-feira qualquer, já basta eu.

Justa causa por cabelo sujo

Imaginem a seguinte situação: emprego novo, empresa com regras novas, gostam de tudo bem certinho, uniforme bonito, cabelos bem penteados, maquiagem discreta e *tutopōm*.

Você é o quê? Uma pessoinha atrapalhada, espalhafatosa, monga, distraída e constantemente descabelada.

Tá.

No começo de um dia de trabalho, um colega olha pra você e como quem não quer nada, pergunta:

— Tomou banho?

Seu cérebro dá três saltos e imediatamente começa com as teorias:

MEU PAI AMADO! Meu cabelo tá duro de oleoso. Eu não creio que vou ser mandada embora por causa de cabelo sujo! Ou é o desodorante que venceu? Jesus tenha piedade! Será que eu tô fedendo? Será que lavei a cara direito? Ai, caceta, eu não tirei a maquiagem ontem e hoje acordei atrasada, certeza que tô feito um panda borrado. Puta merda. Vou ser mandada embora por preguiça. Ninguém mandou ser besta. Nunca aprendeu a passar uma roupa, né menina? Aí anda feito uma trouxa amassada. Será que falta de higiene dá demissão por justa causa? E agora? Abençoa senhor, essa humilde porquinha desajeitada que lhe clama!

Então você responde:

— Menina, eu não consigo tomar banho de manhã, acredita? Sou muito enrolada. Aí se for tomar banho de manhã tem que acordar muito mais cedo, sabe? Então tomo antes de dormir mesmo. E meu cabelo, eu não posso lavar todo dia porque ele é seco e vira uma palha de aço. Eu juro pra você. E depois que eu pintei de rosa e descolori ficou ainda pior! Aí o cabeleireiro me disse pra lavar menos pra não perder a cor tão rápido, então eu comprei um shampoo a seco pra espaçar mais as lavadas, mas ele deixa com um aspecto esquisito. Não fica limpo, né? E eu preciso urgente aprender a tirar a maquiagem com demaquilante toda noite. Se não a gente acorda tudo borrada, menina! Minha fronha vive manchada de rímel. E hoje então, acordei superatrasada! Cê acredita? Meu deus! Só enfiei a roupa e vim, igual uma doida. Preciso me acostumar de novo a acordar cedo, pra ter mais tempo de me arrumar e não vir igual a uma mendiga maluca, que não toma banho, né?

(Dou um sorriso sem graça com os olhos brilhando pedindo perdão por ser uma sujismunda do mundo da podridão e jurando que foi só hoje porque sou uma menina limpinha na maioria dos meus dias de trabalho, por Deus do céu [no fim de semana, não garanto].)

Pessoa:

— Hummm… perguntei por que ficou sem água na região que a gente mora.

Ah, tá.

Muito ruim com plantas

Eu sou muito (MUITO) ruim com plantas.

— Nossa, AB, isso significa que você é uma pessoa péssima!

Eu sei.

EU SEI, tá bom?!

Já me conformei com isso. Já me aceitei sendo uma pessoa péssima. Azar.

Me lembro de duas histórias da infância em que as plantas e eu tentamos construir uma bela amizade. Não deu.

Certa vez, quando eu tinha uns 7 anos, meu pai chegou do mercado cheio de pacotinhos de sementes. Ele tinha preparado uma parte no fundo do quintal para fazer uma horta. Olha que saudável!

Eram sementes de alface, couve, tomate, chuchu, salsinha, cebolinha, e outras coisas que eu costumo chamar de comida de coelho.

Meu irmão e eu pedimos pra ajudar a plantar. Meu pai disse, *OK, depois vocês me ajudam,* e foi tirar uma soneca.

E aqui está o primeiro erro dessa história.

Meu irmão e eu queríamos muito, mas muuuuito mesmo, plantar aquelas sementes. Então pensamos: por que não, né? É só colocar na terra, enterrar e molhar. Vamos sim, vai dar tudo certo, deus está do nosso lado, quem acredita sempre alcança, força, fé e foco, irmãos à obra unidos, jamais serão vencidos.

Fomos pro quintal e começamos o plantio.

Só que assim... a gente foi espalhando as sementes na terra, todas misturadas. Aliás, a gente realmente se preocupou em deixar a coisa toda homogênea. Tipo: acho que nesse canto tá faltando tomate, hein! Cuidado pra não colocar muita couve aí. Espalha mais o chuchu!

Era quase uma obra de arte dessas que a gente não entende por que é arte, mas também não tem dinheiro pra comprar.

Tudo misturado. Tudo espalhado. Tudo bagunçado.

O tempo passou e eu gostaria muito de contar pra vocês que da nossa horta nasceram couves da cor vermelho-tomate, salsinhas do tamanho de alfaces ou um chuchu mutante comedor de cérebro.

Mas não nasceu nada.

Nada.

Depois desse desastre, meu pai teve que voltar no mercado e comprar as sementes todas de novo. Eu fui junto.

E aqui está um novo erro dessa história.

Olhando os pacotinhos de semente, eu vi que também tinham sementes de flor e aí eu fiquei louca da cabeça porque eu queria uma flor.

Então disse: por favor, me deixa comprar uma florzinha pra plantar, uma assim bem linda e maravilhosa, bem cheirosa e colorida, bem linda de linda de muito linda, igual eu.

OK.

Escolhi uma roxa.

Plantei e a flor roxa NASCEU!

Só que além de roxa, ela era fofa, inconveniente, obcecada, invasiva, dominadora, espalhafatosa e sem noção.

No final das contas, eu consegui uma flor parecida comigo.

Porque eu também sou fofa. *(Risos nervosos.)*

O fato é que no primeiro mês ela nasceu onde eu plantei, em um cantinho da beiradinha do gramado. No outro mês, ela já estava em toda a beirada do gramado. No outro, ela nascia no meio do gramado. Depois, no quintal inteiro. Mais um pouco e ela ia crescer no meio da sala de estar.

Se você saísse brincar descalço e voltasse com terra debaixo da unha do dedão e demorasse pra tirar, ela nascia ali. Tenho certeza.

Aquela desgraçadinha se espalhou sozinha por todos os lugares. Ninguém mais aguentava a *fiadaputa*. Nem eu.

Ela soltava uns fiapos que voavam por tudo e faziam meu nariz coçar. Lazarentinha demais!

Fim das histórias e começo das lições de morais, lição de morão, liçones de marones, enfim...

1. Às vezes a gente quer várias coisas, mas tudo ao mesmo tempo. Tudo agora e aqui. Nem que seja só um pouquinho de cada. Só que acaba sem nada. Porque nessa vida a gente precisa de foco. Foco e noção básica sobre plantio, mas principalmente foco. Sem foco nada nasce, nem um chuchu mutante comedor de cérebro, infelizmente.

2. Por outro lado, não dá pra jogar todos os seus esforços em uma coisa só. Em um lado da sua vida só. Mesmo que essa coisa seja muito desejada (ou roxa). Porque isso pode crescer e tomar espaços da sua vida que nem pertenciam a ela. A gente precisa de equilíbrio. Equilíbrio e conhecimento de jardinagem, mas principalmente equilíbrio. Sem equilíbrio, até o que é bom acaba se tornando nocivo, sufocante, dominador, e crescendo debaixo da unha do dedão do pé, infelizmente.

Deu pra entender?

Nem *pouco* de *muito* e nem *muito* de *pouco*.

— Nossa AB, que belo exemplo de como não fazer as coisas. Agora poderia nos ajudar falando sobre como fazer as coisas?

Não posso.
Eu sou muito (MUITO) ruim com plantas.

Tá vendo aquele cara ali?

Tá vendo aquele cara ali?

Aquele, ali na frente, de idade parecida com a sua.

Esse cara podia ser seu melhor amigo, né?

Vocês podiam ter nascido na mesma cidadezinha do interior. Podiam ter se conhecido na vizinhança e, no dia em que os grandões da rua debaixo te azucrinaram, ele podia ter soltado o cachorro dele pra assustar os "altos, porém burros" e te livrar daquela surra.

Ele podia ser o cara que te emprestou a tesoura que você esqueceu praquela aula de artes idiota sobre o Dia da Árvore, em que vocês precisaram cortar folhas de uma árvore de verdade pra fazer uma de mentira.

Ele podia ser o menino com quem você jogou pela primeira vez Playstation e que você conseguiu dar um pau no clássico Liu Kang vs. Sub-Zero!

Ele podia ter te passado cola naquela prova absurdamente difícil de Física no Ensino Médio.

E podia ser o cara que ia te ajudar a falsificar a nota pra sua mãe não te matar, já que ele é bem ruim em Física também e te passou a cola toda errada.

Ele podia ser o baterista da sua banda cover daquela banda ridícula que só vocês conhecem.

E podia ser o cara que comprou seu primeiro pacote de camisinha, porque você tava morrendo de vergonha quando arrumou a primeira namorada.

Esse cara podia ser o cara que te apresentou aquela moça de sorriso lindo, que estuda Odonto no mesmo campus onde vocês fazem Tecnologia da Informação.

Ele podia ser seu padrinho quando você se casasse com a moça de sorriso lindo, e podia ser o cara que faria um discurso ridículo durante a festa. Ou mais! Que faria uma coreografia ridícula daquela banda ridícula que vocês gostavam na adolescência.

Ele podia ser o cara que acendeu aquele charuto que custou uma fortuna, quando você descobriu que ia ser pai pela primeira vez.

O que importa é que aquele cara ali podia ser seu melhor amigo.

Ele tem quase a sua idade. Quase a sua altura. Quase os seus olhos. Quase a sua fixação por HQs da DC e pelo time de Pindaricituba no Norte, que nunca ganhou um campeonato sequer e para o qual vocês insistem em torcer.

Eu olho daqui e imagino que, em outra linha do tempo, em um universo paralelo, aquele cara ali É, SIM, seu melhor amigo.

O MELHOR!

Mas vocês nasceram nessa vida aqui. Nesse tempo.

E aqui, alguém em algum lugar, decidiu que aquele cara ali é o...

INIMIGO.

Então...

ATIRE.

Ursinho polar

Eu me apaixono a cada seis dias, em média.

No momento, tô apaixonada por um cara que apareceu do nada e resolveu sentar quase de frente pra mim.

Não sei nome, nem sobrenome, nem idade, nem a voz eu sei, porque ele fala muito pouco e bem baixinho e ele parece tão quietinho... tipo um filhotinho muito pequeno de urso polar, sabe?

— De onde você tirou essa ideia de que filhotes de urso polar são quietinhos, AB?

Ah... sei lá... eles parecem muito silenciosos pra mim. Tão branquinhos e pequenos morando naquele gelo todo e tomando coca-cola.

Igual a esse moço por quem eu tô apaixonada.

Muito silencioso ele.

Ele parece nerd. Não do tipo nerd da moda, descolado, que vira YouTuber e faz sucesso falando de nerdices pra outros nerds descolados.

Do tipo nerd da minha época de escola. O nerd raiz, esquisitão e envergonhado, que tem crise de asma só de alguém apontar uma câmera pra ele.

Só que aí – veja que loucura – o meu nerdzinho tem várias tatuagens grandes nos braços que eu ainda não consegui decifrar, e que contrastam com o jeitinho de quem nunca entrou num bar na vida inteirinha e só tomou uma latinha cerveja porque os amigos da faculdade obrigaram.

E o resultado da equação NERD + TATUAGENS MISTERIOSAS é que eu tô completamente obcecada por ele neste momento.

Eu olho pra ele e não faz sentido pra mim, porque o cabelo todo bagunçado não casa com a roupa ajeitadinha, sabe?

Ele é todo um paradoxo.

E é tão silencioso...

Como alguém consegue ser tão silencioso, assim?

Ai, que ódio! Eu quero esse urso gelado pra mim!

Ele, no caso, não sabe que eu existo.

Tá... ele sabe. Eu, ao contrário do ursinho polar ali, sou do tipo barulhenta, então fica difícil não saber que eu existo sentando quase na minha frente.

Tirando isso, ele não sabe nada.

E desconfio que nem deva gostar porque, como disse, eu sou barulhenta.

Mas não importa, porque eu já planejei todo o nosso casamento e minha amiga designer só não começou a fazer os convites ainda por motivos de:

1. Não sabemos o nome dele;

2. Talvez ele já seja casado, e aí é tooooda uma trabalheira pra descasar (porém, não tem aliança, conferimos);

3. Eu achei que hoje ele exibia um semblante de quem tava usando sapatênis.

E pra mim não dá sapatênis, sabe?

Sapatênis fica beeem complicado, mesmo.

— Como assim, AB? Você viu ele usando um sapatênis?

Não. Ele só tava com uma carinha assim... um jeitinho de quem tava de sapatênis, entende?

Uma expressão entre culpa e pedido de socorro.

Eu até planejei derrubar uma caneta perto dele e me abaixar pra pegar, e assim conferir bem o pé do moço, mas tive um ataque de riso imaginando a cena e não consegui executar.

(E novamente a barulhenta fez um barulhão incomodando a existência silenciosa do silencioso.)

Fora isso, eu só vi ele sem máscara uma vez e muito rápido, porém, meu amor não é feito de aparências, né?

Nem de informações.

Nem de afinidades.

Nem de comunicação...

É feito de olhos e testa de nerd e tatuagem misteriosa no braço e cabelo bagunçado.

E silêncio, claro.

Tanto silêncio.

Mas vai dar certo, galera. Vai ter casamento e tudo. Confia, poxa.

Eu consigo até imaginar o padre perguntando aquelas coisas que o padre pergunta no casamento e ele falando bem baixinho e bem envergonhadinho: *Sim*.

Depois o padre vai perguntar aquela coisarada toda pra mim e eu vou falar bem barulhenta: SIM, SIM, PIRILIM!!!

E as pessoas vão pensar: por que, ó grande deusa, a AB tá casando com esse pequeno ursinho polar silencioso?

E elas não vão entender nada, porque elas não sabem das tatuagens escondidas no paletó e nem do cabelo bagunçado que foi domado por algum cabeleireiro no dia do noivo.

No discurso (que ele vai ler bem baixinho, com as mãos tremendo e o rosto vermelho de vergonha e me odiando muito porque eu falei que tinha que ter discurso, sim, senhor!) ele vai lembrar do dia que eu me abaixei perto dele pra pegar uma caneta, e ele se abaixou ao mesmo tempo pra me ajudar, e aí a gente bateu cocoruto com cocoruto e riu muito olhando um nos olhos do outro, e – OBVIAMENTE – se apaixonou.

Tudo isso sem imaginar que, na verdade, eu joguei a caneta de propósito no chão, e só tava rindo tanto porque vi o All Star surrado no pé dele.

Era riso de alívio, seu bobinho.

A paixão, pra mim, veio bem antes.

Então, como vocês podem ver, já tá tudo planejado. Não tem como dar errado.

Né?

Desespero
que vem de berço

Eu acho que todo brasileiro sofre com um desespero constante por culpa das canções de ninar.

Olha só...

Você é um neném, todo feito de doçura e bochechas.

Alguém começa a te embalar pra frente e pra trás, pra frente e pra trás.

O soninho começa a vir.

Aí você ouve uma voz doce e conhecida, entoando a seguinte canção:

"Boi, boi, boi..."

(E você pensa: Aaah, adoro os bichinhos da fazenda.)

"Boi da cara preta..."

(Deve ser uma linda canção sobre um lindo boizinho!)

"Pega essa menina..."

(Ué...)

"...que tem medo de careta."

(MEU DEUS, ME LASQUEI.)

É *literalmente* uma ameaça.

E nem é uma ameaça porque a criança fez algo errado, tipo "Pega essa menina que não come os vegetais".

Não.

A criança tá sendo ameaçada só porque ela tem medo.

Cês entendem o absurdo?

Eu não sou psicóloga, mas tenho certeza de que ameaçar uma criança medrosa, dizendo que um monstro vem pegar a pobrezinha, não é uma técnica eficaz.

É terrorismo!

E tem uma pior!

Acompanhem:

"Nana, nenê..."

(Ah, vou nanar sim, que delicinha de soninho...)

"...que a Cuca vem pegar."

(É O QUÊ?)

"Papai foi pra roça..."

(MÃE, LIGA PRO PAI VOLTAR AGORA!)

"...mamãe foi trabalhar."

(ALGUÉM CHAMA O CONSELHO TUTE-LAAAAR!)

Sério...

Qual foi o demente que escreveu essa atrocidade e conseguiu convencer gerações que ela seria uma ótima canção pra fazer um bebê dormir?

Fico imaginando a AB bebê (aabbb — risos aleatórios pra quem entendeu) ouvindo isso:

PORRA, MAS EU NÃO TENHO UM SEGUNDO DE PAZ PRA PODER NANAR????! E SE MEU PAI FOI PRA ROÇA E MINHA MÃE FOI TRABALHAR, QUEM QUE TÁ CANTANDO ESSA MERDA DE MÚSICA? É TU, CUCA??? TU TÁ DE COMPLÔ COM AQUELE TAL DO BOI DA CARA PRETA? CÊS SÃO UMA EQUIPE??? QUE MERDA DE MUNDO É ESSE ENTUPIDO DE MONSTRO??? EU SOU SÓ UM BEBÊ!!!!

Pelo menos, a gente já cresce sabendo que precisa ficar sempre atento porque o perigo tá ali, só esperando você dar uma bobeira pra te pegar.

E na cidade em que eu nasci, a coisa piora um pouco

porque, em algum momento da história cheia de guerra, gente morta e coxinha de farofa, surgiu uma lenda que diz que, no subterrâneo da cidade vive uma (atenção!) COBRA GIGANTESCA, cuja cabeça está debaixo de uma igreja e o rabo tá lá do outro lado da cidade.

Até aí tudo bem (*risos*), porque a lenda diz que a bonita tá dormindo bem xuxuca.

— Ai, meu deus, AB! Mas será que um dia ela acorda?

Aí é que tá!

Segundo a lenda/praga de padre, se um dia o povo da cidade perder a fé, a dona cobrona vai acordar e, simplesmente, DESTRUIR A CIDADE E MATAR TODO MUNDO!!!!! NINGUÉM MANDOU PERDER A FÉ! SEU BANDO DE DESCRENTE!!!!

Então, assim... a gente acorda todo dia na base da ameaça.

Não tem como fazer um xixi tranquila com um MONSTRO SONOLENTO morando debaixo da sua privada, entende?

MAS EU TENHO FÉ QUE DEUS NÃO VAI DEIXAR ELA ACORDAR, NÃO. SE DEUS QUISER! AMÉM!

(Pronto. O de hoje tá pago. Amanhã vou cantar padre Marcelo Rossi.)

Engano ortográfico sentimental

— Oi, xuxu.

— Chuchu!

— Sim, sou eu. Queria falar sobre agente.

— A gente.

— Isso. Agente.

— Mas "a gente" é separado.

— Eu sei amor, era disso que eu queria falar. Porque agente tá separado?

— "Por que" é separado.

— Mas não deveria ser!

— Mas é. "Porque" junto é resposta.

— Eu também acho, coração! Agente junto é a resposta pra todas as nossas dúvidas.

— Não foi isso que eu disse.

— Não? Então o que foi, docinho?

— É que "a gente" é separado. "Por que" é separado.

— Então você não acha que agente devia ficar junto?

— Olha... "agente" junto é outra coisa.

— Siiiim! Agente junto é outra coisa. É muito melhor, xuxu!

— Você não tá entendendo. E é chuchu!

— Então me explica, coração!

— Agente junto é agente secreto.

— Mas eu não quero viver em segredo. Chega! Eu quero gritar pro mundo que agente tá junto!!!

— AI, MEU DEUS! Presta atenção: "A gente" junto é um erro. Entendeu? Um erro!

— Um erro? Você acha mesmo?

— Um erro horrível!

— Entendi. Ok.

— Um erro gramatical! — tentou explicar Pasquale à linda moça por quem estava perdidamente apaixonado.

Mas a mensagem nunca chegou.

A linda moça já o tinha bloqueado em todas as redes.

Havia lhe bloqueado em todas as redes?

Bloqueou-o em todas as redes?

Bloqueaste a moça, em todas as redes, Pasquale?

Enfim...

Meses depois, Pasquale arrependido, trocou o número que havia sido bloqueado, e encorajado pelo desejo de pedir sua mão em matrimônio, chamou a linda moça do engano ortográfico para desfazer todos aqueles apertados nós.

E quem sabe... — pensou ele — falar de nós?

Daria tudo certo! — decidiu, confiante!

Não há regras linguísticas que possam vencer a linguagem do amor verdadeiro!

— Oi, chuchu, sou eu. Lembra de mim?

— Você? Mais... Mais... Mais eu achei que você não me amava mais.

— AAAAAH NÃO. "MAIS" NÃO! "MAIS" DE JEITO NENHUM!

BLOCK

Pasquale levava a língua portuguesa muito a sério.

Acabou sendo única LÍNGUA que ele CONHECEU na vida.

(Se é que vocês me entendem.)

Triste.

Juca, o injustiçado

Na sexta série eu quase fui expulsa, ou melhor, excomungada, por praticar vudu.

Tá, deixa eu explicar.

Primeiro de tudo. Eu não faço vudu. Eu nunca fiz. Eu não sei fazer. Eu não sabia nem escrever, procurei no Google. Mas as confusões da vida e a mentalidade fantasiosa do povo da minha cidade natal me fizeram ser uma wicca do mal do reino das bruxas terríveis e assassinas, por um dia.

Tudo começou na sexta série, quando eu e a minha melhor amiga da infância (que vou chamar de Miga1) encontramos uma nova amiga: a punkzinha da sala (que vou chamar de Miga2).

Ela só vestia preto, roupa de banda e muito rock and roll.

O que tinha a ver com a gente? Nada. Mas nós duas já não tínhamos muito a ver mesmo, então assim… diversidade, né.

Viramos um trio 100% sem sentido. A gente se adorava e tava tudo bem.

Aí, próximo ao aniversário da Miga2, eu e a Miga1 nos unimos e compramos um presente pra ela, mas claro que não seria só isso. Ela merecia um trote.

Então, no dia anterior ao aniversário, nos reunimos e resolvemos criar um filho pra ela. No estilo bem rock and roll pra combinar.

— Ai, que idiotas vocês.

SIM. Mas tenho certeza que você também não era O LEGALZÃO aos 12 anos.

Tá. Muito que bem.

Pegamos uma boneca velha e descabelada da irmã mais nova da Miga1, e começamos a preparar o lindo bebezinho punk. Como? Ah... a gente arrancou os olhos e colocou uns panos vermelhos no lugar, enchemos de colares e pulseiras de corrente, fizemos um topete de alfinetes, uma roupa preta bem doida, cruzes, cicatrizes, make pirigótica e tudo mais.

Era uma versão estilizada e criativa do Chuck — o boneco assassino. Mas nosso boneco dava mais medo (a gente tem muito talento pra bobagem desde aquela época).

Confesso que não conseguimos dormir com o boneco dentro do quarto aquele dia. Ele ficou no quintal. Assim... só por precaução.

Ok.

O dia raiou, pegamos o nosso lindo bebezinho, embrulhamos em um pacote de presente e levamos pra escola, pra entregar pra Miga2.

Presente entregue. Ela adorou, batizou de Juca, muitas risadas e ponto.

Esse deveria ser o fim da história.

Mas não foi.

Isso porque na nossa sala tinha um menino (que vou chamar aqui de MigoPunk) que era punk. Mas muuuito punk mesmo. O máximo de punk que você consegue ser na sexta série. As pessoas tinham medo dele. Eu não. Eu adorava ele (sempre gostei dos esquisitos, não nego e não me arrependo).

Eis que ele viu o boneco e obviamente se identificou. Eles eram realmente parecidos. Então, o MigoPunk pegou Juca e saiu com ele pela escola todinha, mostrando pra todo mundo.

E ele achou que seria ótimo mostrar também na diretoria (palmas para essa ideia genial).

Voltou pra sala sem Juca e anunciou: a pedagoga pegou o boneco, ela acha que vocês são bruxas.

Tudo isso com um sorriso no rosto.

Aí a coisa vai ficando cada vez mais doida, então, respirem fundo.

Meia hora depois, a pedagoga foi à nossa sala e nos chamou pra diretoria. Eu, a Miga1, a Miga2 e o MigoPunk.

Entramos lá com uma cara de bosta e começamos a ouvir uma lista gigantesca de absurdos místicos e psicopatas sobre o nosso lindo bonequinho.

A pedagoga, mais louca que a Xuxa Verde, começou a dizer que o Juca era um boneco de vudu. Mas mais do que isso. Ela começou e explicar TODOS os itens do Juca. Por exemplo: os alfinetes eram para que a pessoa sentisse dor. O colar era para trancar a respiração. As pulseiras para bloquear a circulação do sangue. O tecido nos olhos era pra cegar... e por aí vai. Ela olhou pra gente com uma cara de doida e perguntou quem a gente queria matar!

Cês tão me acompanhando?

Ela realmente achou que aquilo era um boneco de vudu que a gente tinha feito e que alguém ia *morrer*.

Ela não questionou a brincadeira. Não deu bronca por andar com uma boneca feia por aí (desculpa Juca, pra mim você era lindo). Não disse que era uma coisa assustadora... nada disso. Ela tinha *certeza* que aquilo era um vudu. E ela sabia muitos, mas muitos detalhes sobre essa linda arte.

A situação já seria ruim o bastante por si só, mas os meus queridos amiguinhos começaram a gargalhar e a concordar com tudo o que ela falava (eles eram rebeldes, né, eu não). Enquanto isso, eu tentava desesperada explicar que era um engano. Que tudo foi uma brincadeira. Que Juca era inocente e nós também.

Ela não ouviu. Não acreditou.

Lembro que ela segurava o Juca pelo chumacinho de cabelo (Juca era calvo, coitado) e dizia: "Agora eu não sei o que eu faço com isso aqui. Acho que vou ter que queimar atrás da igreja".

Cês acreditam?

Olha o nível de maluquice dessa mulher, Brasil!

Só que euzinha, sou uma pessoa coerente, OK? Sou, sim. Então, eu peguei as explicações dela e juntei com uma nova informação e, antes que pudesse pensar melhor, soltei o seguinte comentário: Nossa, mas assim você vai matar a pessoa queimada, né?

Sim, eu falei isso.

Sim, foi um erro.

Eu vi medo e ódio nos olhos dela.

Depois do meu comentário, ela expulsou a gente da sala e disse que a gente ia levar uma advertência e que depois ia chamar nossos pais, falar com a diretora, ligar pro papa e colocar a gente de joelhos no milho por uma semana (tá... menos).

A gente voltou pra casa e ficou esperando pelo pior.

Mas... nada aconteceu.

Acho que ela ficou com medo de ser a próxima vítima das nossas habilidades vuduzísticas.

Melhor assim.

Gostaria de dizer que a história acabou assim, com um final feliz, mas infelizmente...

Juca nunca mais foi visto.

O bode

Você sabe que aquelas lágrimas não foram todas por você, né?

Nem todo aquele drama e aqueles textos, nem toda aquela tristeza.

Muitas coisas aconteceram ao mesmo tempo e você sabe. Você tava lá.

Desse jeito bem ruim de estar lá que é bem típico de gente que não tá nem aí.

Você não tava nem aí, mas tava lá.

Só que toda aquela dor não era sua, sabe?

Era de muita coisa.

Você foi só a gota que me transbordou.

E eu me aproveitei e te usei pra sofrer, porque dor de amor era algo que eu conseguia lidar melhor que todo o resto.

Ei! Eu sou estratégica.

É isso.

Você foi meu "bode espiatório", entende?

Pera... "bode espiatório"?

É assim mesmo que se fala?

Porque não fez sentido agora que eu escrevi, um bode espionando algo.

Eu não conheço nenhum bode espião, na verdade.

Nem um espião que seja bode.

Na verdade, nunca vi um bode com qualquer outra profissão menos misteriosa também.

Será que essa frase na verdade fala de um bote?

Tipo algo sobre botes que saem no breu das noites nos oceanos pra espionar os navios inimigos?

Talvez faça mais sentido que o bode.

Embora agora eu tenha simpatizado com o bode espionando e não quero saber a verdade e descobrir que nunca foi "bode espiatório".

Ia ser péssimo.

Por favor, não me contem.

Escolho ser ignorante.

Talvez "espiatório" também não tenha nada a ver com espionar.

Provavelmente, nem é essa a palavra porque meu corretor não reconhece "espiatório".

Talvez eu esteja absurdamente errada, né?

Não sobre você. Sobre você eu tô certa.

E você era o bode.

Roubo sim, roubo não

Certa noite/madrugada, estávamos eu e minhas três colegas de república (acho que foi na época da República Leitão Feliz — sim, o nome nos representava muito bem) conversando, dando risada, cantando, tocando violão, gritando, latindo... essas coisas normais de jovens cheias de energia sexual e açúcar no sangue... vocês sabem.

Estava tudo tranquilo pro nosso padrão de tranquilidade, quando acabou a luz, e ficamos no breu completo.

— Ah, aí vocês foram dormir, AB?

Não. A gente continuou.

Até que:

POW!

POW!

POW!

Veio um barulhão enorme da nossa sacada! Muito alto!

Era algo batendo com tudo na janela! De fora pra dentro!

Saímos as quatro correndo e gritando e fomos pro quarto mais longe da sala e nos trancamos lá dentro.

— O que foi isso, o que foi isso?

— Eu não sei.

— Tem alguém lá! Alguém tá tentando entrar aqui dentro!

— Como, como?

— Pela sacada! Alguém veio na sacada!

A gente morava no primeiro andar e tinha uma sacadinha que dava pra rua. Era muito fácil entrar no apartamento por ali. Só tinha que se apoiar com as pernas no muro, o mais alto que conseguisse, segurar na sacada e dar um impulso com força e subir.

E aí torcer pra janela estar aberta.

Como eu sei?

Eu já tinha feito isso.

Ah... às vezes a gente esquecia a chave... universitário é esquisito.

Continuando...

— Vai lá ver!

— Não, não, ninguém sai daqui. Ninguém sai!

— Mas ele vai roubar meu computador!

— Mas a janela tá fechada, ele não tem como entrar.

— Ele vai quebrar a janela!

— Fala baixo, fala baixo!

— Não! Fala alto pra assustar ele!

— Assustar como? Somos quatro gurias. Ele vai nos matar!

— Faz uma voz de homem aí.

— VAI EMBORA! (Imagine uma voz de guria tentando imitar um homem.)

— Não, não. Xiu! Calma. Calma. Sem desespero.

— Vocês têm certeza que é uma pessoa? Pode ter sido uma pomba.

— Uma pomba não ia fazer aquele barulho!

— Sete pombas, então.

— Eu vou lá!

— Não, por favor, não vai.

— Eu vou. Tem que ir.

— Então vai todo mundo!

A mais corajosa de nós saiu na frente e as outras atrás.

— QUEM TÁ AÍ?

Nada.

Chegamos perto da sala olhamos em direção a sacada e...

— VOLTA, VOLTA, VOLTA!

Voltamos todas pro quarto e nos trancamos de novo.

— É um cara! Eu vi! Eu vi! Ele tá na sacada tentando abrir a janela!

— Meu Deus, meu Deus!!!

— Eu não vi nada. Vocês viram também?

— Acho que vi.

(Lembrem-se que estávamos no breu total, sem luz em casa e nem nos postes da rua.)

— Tá, vou ligar pra polícia.

— A polícia demora.

— O que a gente faz então?

Nossa decisão foi: GRITAR COMO DESESPERADAS PRA RUA VAZIA E ESCURA.

— SOCORROOOOOOOOOOOOO, TEM UM HOMEM TENTANDO ENTRAR AQUI!

— SOCORROOOOOOOOOOOOO!

— Gurias, uma vez eu li que não pode gritar "socorro" porque as pessoas ficam com medo, tem que gritar "fogo" que tem mais chance de alguém vir ajudar.

— FOGOOOOOOOOOOOOOOO!

— FOGOOOOOOOOOOOOOOOOOOOO!

Apareceu um vizinho na rua:

— O que aconteceu, gurias?

— Ai. Graças a Deus você apareceu! Tem um homem tentando entrar aqui!

— Como assim? Onde?

— Pela sacada!

Ele apontou a lanterna do celular pra nossa sacada...

— Não tem ninguém, meninas.

— Tem certeza?

— Tenho. Não tem ninguém, não.

— Ai, que bom. Ele foi embora, então.

— Foi, sim. Deve ter visto que tinha gente em casa e fugiu. Fiquem tranquilas.

— Obrigada!

Voltamos pra sala e estava tudo normal.

A luz voltou.

As quatro bonitas voltaram a conversar sobre o que tinha acontecido, e falar e falar e rir depois de todo o nervoso que passamos, quando:

POW!

POW!

POW!

Silêncio.

O mesmo som batendo na janela. Só que agora, tinha luz. E não tinha ninguém na janela.

Fui pra mais perto, abri a janela e tirei a cabeça pra fora.

Olhei pra um lado e nada. Pro outro lado e nada. Pra baixo e nada. Pra cima e lá estava o vizinho, de pijama, puto da vida e com uma vassoura na mão.

— PORRA! São quatro horas da manhã, meninas! Eu tenho que acordar daqui 2 horas e vocês não calam a boca!

— Oi, vizinho, desculpa.

— Tá bom, tá bom, mas vão dormir!

— Tá. Desculpa. Bonito seu pijama.

FIM.

Libertem as meias

A missão difícil de manter minha gaveta de calcinhas e meias organizada, se tornou impossível depois que minha amiga contou que a menina Marie Kondo (dos livros e da série da Netflix) disse que as meias odeiam quando você faz uma bolinha com elas.

Elas ficam tristes e se sentem humilhadas.

Sim.

Porque, sabe... as meias aguentam nosso peso todinho e todas as energias que passam por nós o dia todo e o atrito com os sapatos diversos e essa sua unha encravada horrorosa e a sola do pé fedorenta e calos e frieira e sei lá mais o que que tem no pé das pessoas.

Então ela tem uma energia difícil.

Por tudo isso, você precisa dar muito amor pra meia, pra ela ficar feliz, entende?

Você precisa dobrar ela com delicadeza, em tamanhos iguais, passando a mão com muito amor e lembrando o quanto ela é importante e maravilhosa.

Se não...

Se não...

Sei lá...

Sua meia fica puta da cara e aí o seu dia é uma merda e você fica sem entender o porquê, mas a resposta é óbvia: seu dia foi uma merda porque sua meia tá puta contigo!

Sabendo disso, obviamente eu NUNCA mais consegui enrolar as meias, porque fico imediatamente me sentindo culpada e uma bruxa que não dá valor às meias, pobres meias, guerreiras meias, poderosas meias.

Aí, obviamente, eu as arrumo todas dobradinhas, par a par.

E obviamente um dia depois aquilo vira uma grande suruba de meias onde ninguém é de ninguém e meias solitárias fazem moradas em bojos quentinhos de sutiãs.

Então decidi ir além da menina Marie.

Não só deixei de lado o hábito de enrolar as meias, como também não tenho mais o poder de decidir quem faz par com quem.

Decidi que minhas meias são livres pra fazer o par da forma que quiserem a partir de agora.

E se quiser fazer um par hoje e outro semana que vem, OK, por mim tudo bem. Não tô aqui pra julgar nenhuma meia, entendeu?

Tenho certeza que essa liberdade vai fazer delas meias muito mais felizes.

Se divirtam minhas lindas!!!

Vocês merecem!

Já chega!

Senta aqui, a gente precisa conversar.

Eu sei que toda vez é a mesma coisa, mas que culpa eu tenho nesse ciclo vicioso de amor e ódio que se tornou nossa relação?

Você vai embora (e você SEMPRE vai) e eu quase morro de saudade. Eu torço pela sua volta, eu sinto a sua falta, eu faço simpatia, eu rezo, eu te *stalkeio* todos os dias, e aí, do nada, você volta.

Demora, mas volta.

E, ai, meu Deus! Como eu amo quando você volta!

São dias de sorrisos infinitos. Manhãs acordando contigo, noites esperando a sua chegada...

Eu quase me esqueço o quanto você me faz mal.

E aí está o grande problema...

É como se a cada nova ida e vinda minha memória apagasse por completo.

Mas... que culpa eu tenho?

Não vou mentir aqui. Minha vida é mais feliz com você.

Sem você eu fico muito mais introspectiva. Me sinto suscetível em busca de qualquer um que te substitua.

Mas, sabe... nada substitui.

Com você as cores vibram, o mundo canta... parece bom, mas não é.

O problema é a intensidade da coisa.

Você não sabe chegar de mansinho. Você não sabe ser uma presença agradável.

Me desculpe, mas você não sabe!

Nos primeiros dias, tudo é lua de mel. Mas aí você continua e você não para e você quer mais e mais e tudo é sufocante, não dá pra respirar, não dá pra dormir em paz, não dá pra não te odiar.

Então eu lembro o quanto torci pela sua volta e fico me sentindo maluca, descontrolada... qual é a minha? Que apego é esse por um relacionamento tão abusivo?

E aí eu desejo que você vá embora e juro pra mim mesma que fico muito melhor sem você por perto.

É um eterno "te querer" quando você não está e um "te querer longe" quando você me sufoca com tanta presença.

É difícil sair do ciclo.

Dessa vez eu tentei fazer diferente.

Tentei curtir sua presença o máximo que consegui.

Tentei.

Mas você... ah! Você parece que faz de propósito. Faz pra me testar.

Senta aqui... qual é a sua?

Custa ser menos?

Eu cansei.

Então, eu me rendo ao ciclo.

Chega!

Você está me fazendo mal (de novo) e nós precisamos de um tempo.

Por favor, se afaste de mim (mas não muito).

Entenda isso como uma prova de apreço.

Às vezes, é preciso se afastar pra preservar o amor que ainda resta.

Eu te amo. Mas não te suporto.

Então, adeus.

De: AB.

Para: Sol de Curitiba.

AB, 7 anos, traficante

Aos 7 anos, fui acusada de tráfico de drogas na escolinha que estudava.

Sim.

Pra isso começar a fazer sentido (nem que seja um sentido bem de leve), vocês precisam entender o contexto histórico, político e geográfico da coisa toda.

Eram os anos 1990, na Lapa, não tinha internet, nem WhatsApp, nem celular. Mas isso não significa que não existiam fake news. Existiam muitas (mas não levavam esse nome pós-moderno). Eu não sei como elas começavam, de onde elas nasciam, mas elas se espalhavam graças ao velho boca a boca.

Além disso, é importante entender que o povo lapiano é ótimo, mas também é conservador, medroso e muito, mas muuuuito fantasioso.

A gente tinha medo de tudo que era diferente.

Circo na cidade? Não deixem crianças nem cachorros brincando na rua, porque o circo rouba pra dar de comer pros leões (na minha época tinha leão nos circos).

Tem acampamento cigano (isso ainda existe? quando eu era criança existia muito cigano) na cidade? Cuidado que eles pegam as crianças e levam embora.

Conheceu um maçom? Cuidado que esse povo mata criança atrás do parque do monge e esconde nas catacumbas do castelo (apenas lapianos entenderão).

Ah! O assunto "droga" também era recorrente nas fake news.

Absolutamente TUDO tinha droga. Se era colorido, novidade e se as crianças queriam muito: é certeza que tinha uma dose extra de droga.

Pirulito das Spice Girls? Droga.

Bala de Coca-Cola? Droga.

PushPop? Droga.

Chiclete com tatuagem? Droga.

Bala que pinta a língua de azul? Droga pesadíssima.

Hoje desconfio que essas histórias foram inventadas por alguma mãe que não queria dar doce pro filho.

Agora raciocinem aqui comigo, amiguinhos. Segundo essas lendas lapianas, os traficantes ficavam na frente das escolinhas, dando doce com droga pra que as crianças viciassem.

Tá... tudo bem... e daí? O que que uma criança de 7 anos ia fazer? Vender a Barbie do Paraguai pra comprar mais chiclete com tatuagem? Péssima estratégia de marketing. Péssimo público-alvo.

Porém, essa era a história que rolava. E a gente meio que acreditava mesmo. Lembro que eu só provava os doces depois que as fake news esfriavam (porque provavelmente criavam uma nova para substituir) e mesmo assim me sentia meio transgressora. A própria Zé Droguinha.

Agora que vocês já conhecem um pouco da maluquice que era a Lapa dos anos 1990, vocês estão prontos para conhecer a MINHA história. A história de quando fui injustamente acusada de tráfico. Aos sete anos.

Pesadíssimo.

Vamos lá!

Eis que estava euzinha com minha xuxinha de cabelo, bem feliz da vida e serelepe na segunda série, quando a pedagoga entra na sala e diz: "Vamos fazer uma festa! Mas precisamos criar alguns cartazes bem coloridos para convidar todo mundo. E para eles ficarem bem bonitos, escolhemos uma aluna muito talentosa para nos ajudar. AB (claro que seria eu né? Sou maravilhosa! Era a escolha correta), você poderia nos acompanhar para fazer esses cartazes? Ah, e não esqueça de trazer o seu penal (pra quem não é daqui, penal é estojo, só que estojo é errado e penal é certo) com todas as suas canetas coloridas".

Muito que bem. Me levantei faceira, linda, brilhando em frente a todos os outros alunos, peguei meu penal e fui com a pedagoga.

Entramos na biblioteca da escola e em cima de uma mesa tinham várias cartolinas coloridas, papel crepom, tintas, pincel, várias coisas. Cenário montado com muito cuidado.

Aí a pedagoga perguntou: "AB, quais canetas legais e diferentes você tem pra gente poder fazer esse cartaz?".

E eu fui mostrando meu estoque de canetas rosas, com purpurina e da Minnie. Mas nada parecia agradar aquela mulher. Ela continuava perguntando: Mas você não tem mais NENHUMA caneta diferente? Nadinha??? E eu pensava: QUALÉ MINHA, FIA, TÁ LOCONA? OLHA ESSA CANETA AZUL BEBÊ COM BRILHO PRATEADO, QUER MAIS GLAMOUR QUE ISSO?

Aí ela cansou da encenação.

Olhou pra mim e perguntou: AB, cadê sua caneta com cheiro de morango? Eu sei que você tem uma. Quero ela agora.

E eu: QUÊÊÊ? É pegadinha do Faustão? Fiquei sem entender nada.

Todo o método pedagógico da escola foi pro ralo.

Voltei pra sala pegar a tal caneta e entreguei praquele júri escolar.

Analisaram a caneta (que era da cor vermelha, tinha vários moranguinhos desenhados e cheirava a morango) e decretaram: droga.

Eu tive que responder a milhares de perguntas de como consegui a droga, digo, a caneta. E só depois me contaram a real história.

A festa era mentira. Os cartazes eram mentira. Eu ser a aluna mais talentosa da escola era mentira (até hoje não engoli essa daí). Era tudo mentira.

Eis então, a verdade: No dia anterior, eu usei a caneta que eu ganhei de uma amiga. E como era uma novidade, todo mundo da sala tinha achado muito legal o fato de uma caneta ter cheiro de morango (lembrem-se que era Lapa nos anos 1990, não precisava de muita coisa pra gente ficar 100% empolgado). Então eu comecei a riscar bem forte nuns pedacinhos de papel pras pessoas sentirem o cheiro da minha caneta super maneira.

Ideia burra? Talvez.

Mas mais burro ainda foi o menino Rafael, que era... como posso dizer? Apaixonadinho por mim (normal, né, quem não era?) e que foi cheirando o papel com a tinta por todo o caminho até a sua casa. Passou mal, dor de cabeça, olhos vermelhos, vômito e tudo mais. A mãe dele descobriu o papel com a tinta e ficou louca da vida. Foi na escola e ME DENUNCIOU! A aluna AB da segunda série estava oficialmente espalhando drogas pros coleguinhas cheirarem.

Cês acreditam?

Sério... cês acreditam?

Porque é real.

Era uma caneta inofensiva, com um cheiro inofensivo de morango e uma menina inofensiva (além de muito linda) querendo mostrar a novidade pros amiguinhos.

O menino passou mal porque ficou com o nariz grudado na tinta um tempão, lógico.

Cheira uma BIC por duas horas pra você ver se não dá uns vômitos bem delícia...

E a equipe da escola fez *toda aquela encenação absurda*, achando que eu tinha ganhado a caneta de algum traficante e agora estava espalhando o vício.

Mas (caso ainda não tenha ficado claro) não tinha droga! Nem na caneta, nem nos milhares de doces legais e coloridos.

Os traficantes não estavam nem um pouco interessados nos alunos do primário.

Moral da história: Se eu te mandar cheirar algo, não se deixe levar por meu charme, beleza e olhos verdes. Apenas saia de perto, chame sua mãe e avise as autoridades.

Cuidado comigo. Eu tenho antecedentes.

Os capirotinhos da vizinhança

As crianças do meu condomínio (também conhecidas como: bando de *fiadaputinhas* que passam o dia gritando em volta do meu prédio, em vez de jogar Playstation e assistir YouTube como uma criança normal — contém ironia, claro) são as melhores piores minipessoas pra se ter como vizinhas.

Explico.

Dia desses começou a garoar e, imediatamente, o assunto deles virou esse: de onde vem a chuva.

— Você sabia que a chuva vem de deus?

— Claro né, porque tudo vem de deus. Dār!

— E a chuva pode ser três coisas diferentes. Pode ser deus chorando, ou deus mijando ,ou... *(Pausa)*

— Ou o quê?

— Me esqueci... mas tem mais uma coisa.

— Acho que é cuspe.

— Sim. Isso mesmo. Ou é deus cuspindo na gente.

Eu tô em completo choque com a religiosidade nada higiênica dessas crianças.

Não que a humanidade não mereça e tals. Mas eca.

Num outro dia. cheguei do trabalho e logo em seguida parou uma ambulância bem no meu bloco.

Aí a criançada começou a gritar (gritar *mesmo*):

— Meu deus, alguém morreu!

— Alguém morreu!

— Moço, quem morreu?

— Imagine se é seu pai, Pietro!

— Pode ser seu pai! É seu bloco, Pietro! (Pobre Pietro.)

— Não deve ser o pai dele, não, deve ser aquele italiano bem velho.

— É mesmo, deve ser.

— Meu deus, o velho morreu!

— Moço, foi o velho que morreu?

Nesse nível.

A porteira teve que vir mandar os capirotinhos se afastarem porque eles estavam feito uns maníacos em volta da ambulância, enlouquecendo os paramédicos que não conseguiam nem descer com os equipamentos.

Depois de muita bronca da porteira, eles até se afastaram. Um pouco, bem pouco. Ficaram todos a postos do outro lado da calçada, só aguardando ansiosos pra ver o "morto".

Enfim, os médicos entraram, demoraram um pouco lá dentro, e a criançada lá fora, nervosa, debatendo sobre o morto, e super "preocupados", ainda gritando pra se comunicar com todo o condomínio.

— Ai, que dó do velho!

— É! Coitadinho!

— Do quê que ele morreu, será?

— É porque ele é muito velho, né?

— Ai, meu deus! Eles não vão conseguir tirar ele de lá, porque ele é muito gordo!

— Verdade! Vão ter que quebrar a parede!

— Nossa, Pietro, vão quebrar a parede do bloco que você mora pra tirar o velho morto!

Percebam que nada disso foi dito como brincadeira ou tiração de sarro. Nada disso! Não tinha risadinhas. Não tinha ironia.

Era tudo em tom de real preocupação.

Aí levou um tempinho e eis que saem os médicos *e o senhor italiano* de dentro do bloco.

Sim, eles acertaram!

A vítima era mesmo quem eles imaginaram que era.

(Pietro deve ter ficado aliviado, né?)

Porém, o senhor estava vivíssimo e saiu caminhando, embora os médicos tenham insistido pra ele usar a cadeira de rodas, ele deu uns resmungos e não usou.

Ele é desses.

Mas o melhor de tudo mesmo foi que ao avistar o senhor saindo do prédio *vivo*, umas dez crianças (foram chegando mais e mais ao longo do drama) começaram a, simplesmente, *aplaudir e gritar muito alto e muito felizes*:

— O VELHO TÁ VIVOOOO!!!!!!

— O VELHO TÁ VIVO!!!!!

— AEEEEEEEE O VELHO TÁ ANDANDO!!!!

— ELE VIVEUUUUU!!!!

— O VELHO NÃO MORREEEEU!!!

— PARABÉNSSSS!

É isso.

Odeio esses pirralhos maravilhosos.

Uhum, tá

Ele posta:
Foto dele
Foto com os amigos
Foto com a mãe
Foto com o gato
Foto do gato dormindo
Foto do gato comendo
Foto de outro gato que ele nunca tinha visto na vida
Foto na praia
Foto na chuva
Foto na Renner
Foto dos pés
Foto da árvore
Foto da comida
Foto da formiga
Foto dos pés da árvore servindo de comida pra formiga
Foto do copo de cerveja
Foto do copo de caipirinha
Foto do copo de coca
Foto do copo vazio
Foto do McLanche feliz
Foto do cinema passando Homem-Aranha
Foto da família reunida
Foto da família tretando
Foto do show que você foi com ele
Foto do show que você não foi com ele
Foto da galera do trampo

Foto da galera do futebol
Foto da galera do bar
Foto da galera da faculdade
Foto da galera da banda
Tbt da galera do jardim da infância
Tbt do gato que morreu
Tbt da ex

E você ainda acredita no papo de que ele nunca posta foto contigo porque é discreto e não gosta de exposição?

Ô, minha anja... vem cá, me dá um abraço.

Balbúrdia universitária

Quando mudei de cidade pra fazer faculdade, com 17 aninhos, fui morar com cinco meninas que nunca vi na vida, no segundo andar de um casarão de madeira velho, velho, velho, tipo, muito velho, cujo andar debaixo era um bar chamado Bola 13. Em um belo dia o dono do Bola conhecido como "Bola" resolveu comprar uma *pickup* (esses equipamentos de DJ) e colocou no exato ponto que ficava debaixo do nosso banheiro, e aí a gente tomava banho com o chão tremendo e ouvindo *tunt-tunt*.

Uma vez os ratos invadiram a casa. Eles subiram do lugar onde o bar guardava as mercadorias. No começo era um e ele era muito fofinho. Um dia, eu tava quase dormindo e ele veio até o quarto e ficou nas duas patinhas traseiras olhando pra mim bem profundamente. Eu fiquei apaixonada por ele. Mas aí uma semana depois eram uns 15 ratos e não um rato fofinho. De vários tamanhos. Ratos e mais ratos numa casa com seis gurias. Contratamos um desratatizador e chegou lá um senhorzinho que começou a espalhar umas pastilhas por todo lado. Ele disse que os ratos subiam na cama e comiam nosso cabelo enquanto a gente dormia e que a qualquer momento a gente ia ficar careca. Aí, o senhor matador de ratos ficou com muito medo de eu comer o veneno, porque eu tava com o pulso enfaixado porque cortei feio (sem querer) quebrando um copo, mas ele achou que eu tava mentindo e que tinha cortado os pulsos por querer. Aí ele fez minha amiga anotar a vitamina que eu tinha que tomar caso comesse os venenos dos ratos. Pra eu não morrer, sabe? Eu não comi. Os ratos, sim. Chorei muito por cada um deles.

Essa casa também era mal-assombrada. A gente sabia por que via coisas, ouvia coisas e por que meu rádio ligava de madrugada sozinho sem estar ligado na tomada em umas músicas muito tenebrosas. Chegou num ponto que a gente não conseguia tomar banho se não tivesse mais alguém no banheiro. Aí uma amiga bruxa de uma outra amiga foi lá e disse que realmente tinha uma senhorinha na escada.

Uma senhorinha morta, no caso. Ela conversou com a senhora espírito e ela falou que gostava de nós. Então, tá. Vida que segue. Meses depois estávamos explicando onde era a casa pra um amigo que estava indo lá. A gente disse: é em cima do Bola. O amigo disse: sério? Onde aquela senhorinha foi assassinada?

Às vezes, eu almoçava Cheetos.

Às vezes, eu almoçava e jantava Cheetos.

A vida era um caos!

E eu amava!

MEU DEUS, QUE SAUDADE!!!

Extinção em massa do Boitatá

Quando eu era criança tinha Boitatá.

Assim... de verdade. Tinha mesmo.

Perto da minha casa. No parquinho.

Não era uma dúvida.

Tinha e pronto.

E olha que eu nem sou uma criança dos anos 1950 ou 1960 ou 1970... e só sou dos anos 1980 por míseros 25 dias.

Sou bem mais dos anos 1990.

E mesmo assim tinha Boitatá.

Ou seja. Ontem tinha. Hoje não tem.

Hoje em dia não tem mais nada disso que é legal e mistura bicho com magia.

Nem Boitatá, nem curupira, nem mula sem cabeça, nem lobisomem.

Chato demais.

Uma extinção em massa provocada pela falta de contação de histórias.

Ou pela poluição.

Ou pela miscigenação com os Pokémons.

Não sei direito.

Eu definitivamente não entendo como a nossa geração tem a ousadia de ser tão cética, sendo que fez parte da nossa formação humana notícias como: menina que chora vidro, ET Bilu e chupacabra.

Sabe?

Foram MESES de notícias no Gugu e no Fantástico sobre um troço misterioso que CHUPAVA O SANGUE DAS CABRAS E DEPOIS DESAPARECIA.

E as cabras ficavam lá, chupadas, sem um pingo de sangue.

No Brasil inteiroooooo!

E ninguém sabe o que é até hoje!

Medão da zorra!

Aí o povo vem me dizer que não acredita em ET, espírito, mula sem cabeça e lobisomem?

Aaaah, cês me poupem!

Quem foi que roubou seus sonhos?

A menina chorava VIDROOOOO!

Tinha santa que CHORAVA SANGUE!

Cês tão doido!

Os anos 1990 me ensinaram a não duvidar de nada, nunquinha (e os anos atuais me ensinaram a procurar tudo no Google porque pode ser fake news).

Mas imagina só: Você tá lá, de boas, vivendo sua vida assistindo TV Colosso e Fada Bela, e, de repente, aparece o plantão da Globo pra te contar que um bichão tá chupando o sangue das cabras!

Pra ser o TEU sangue, é um pulinho!

Por isso que, na minha infância, quando falavam que tinha Boitatá, era porque tinha mesmo.

Nota pra você que não faz ideia do que é um Boitatá porque nasceu num lugar frio e sem cores depois dos anos 2000: Pode haver opiniões contrárias, mas o MEU Boitatá era uma cobra gigante que soltava bolas de fogo pela boca quando alguém maltratava a natureza.

— Mas se é cobra por que o nome é boi, AB?

Porque as coisas são assim no mundo mágico.

E tinha um Boitatá, específico, que morava no parquinho do final da rua da minha casa.

Eu conseguia ver as bolas de fogo no céu à noite.

Essa história se espalhou no bairro quando alguma criança voltou do parque contando que tinha visto ele lá.

Aí a gente PAROU DE IR AO PARQUE, de verdade, por semanas...

Até que um dia (eu juro) um carro da polícia florestal foi lá e tirou uma cobra gigante de dentro do parquinho.

Pronto. Boitatá.

— Ai, mas era só uma cobra, então, AB.

Nãããããããããão. Porque tinha as bolas de fogo. E a contação de histórias. E a magia. E chupacabra no Gugu.

Tinha visagem lá nesse parquinho também.

Nota aos jovens da geração Kinder Ovo com brinquedo ruim: Visagens são tipo fantasmas, só que eles moram em cidades pequenas dos anos 1990.

A visagem fazia as balanças mexerem sozinhas.

SOZINHAS!!!!

— Será que não era só o vento, AB?

Era a visagem!!! E a magia.

Presta atenção, poxa!

Era uma vez
dois pinheirinhos

Era uma vez dois pinheirinhos.

E era uma vez duas crianças e a mãe delas.

E era uma vez eu, que era uma das crianças.

Quando eu e meu irmão éramos muito pequenos (não faço ideia da idade, mas vamos dizer que as pernas ainda não aguentavam andar demais), o nosso pai ficou fora por um tempo. Como ele era o motorista da casa, a gente ficou a pé.

— Nossa AB, que problemão infinito.

Não é isso. Calma.

A minha família tinha o costume de se reunir na casa da minha vó, todo fim de semana.

E era aquela coisa: Primarada. Tia louca. Gritaria. Pão feito em casa...

Estando a pé, sem grana e com duas crianças que mais tropeçavam do que andavam, minha mãe criou uma estratégia incrível pra nos levar até o caminho da casa da vó, todo fim de semana. E era longe. Longe, longe.

Não sei se ela fez isso com essa convicção de que era uma estratégia incrível. Mas era. É.

Em uma rua quase chegando na casa da minha vó, tem uma casa com dois pinheiros. Dois pinheiros beeeem altos. Desses com cara de natal, sabe?

Que dá vontade na gente de encher de bolinhas vermelhas.

(Se você não tem essa vontade quando vê um pinheiro, você é esquisita.)

Aí a minha mãe fez daqueles pinheiros a coisa mais legal de todo o universo!

— Nossa, mas como ela fez isso, AB?

Eu não sei. Acho que era o tom de voz que ela usava que fazia as árvores parecerem mágicas.

Tipo: Vamos lá ver os pinheirinhooooos!

Sei lá.

Só sei que passar na rua da casa dos pinheirinhos era o melhor momento de toda a semana. Era a melhor coisa do mundo. Era realmente emocionante. Era sensacional! Era mais legal que a Disney. Muito mais.

Sério.

Pergunte pro meu irmão.

Eles eram incríveis.

Porque ela fez os pinheirinhos serem incríveis.

E olha que sacada de mestre.

A casa dos pinheirinhos estava longe o suficiente da nossa pra que o caminho fosse feito de expectativas e se tornasse menos cansativo. Porque, afinal, a recompensa viria em breve, era só continuar caminhando.

Nós tínhamos um objetivo. Uma meta.

O que nos movia entre um tropeço e um pedido de colo era algo enorme e mágico.

Por outro lado, os pinheiros estavam perto o suficiente da casa da minha vó, pra que o resto do caminho fosse embalado pelo sentimento de ter realizado a meta, e pra poder conversar sobre o quanto aquelas árvores eram maravilhosas! E altas! E como elas quase tocavam o céu. E como elas iam ficar ainda mais bonitas se tivesse neve. Ou pirulitos em formato de bengala.

Minha mãe foi genial.

GENIAL!

Hoje a casa dela é bem pertinho da casa da minha vó. E olha só! Na rua da casa dos pinheirinhos!!!

Sempre que eu passo por lá, é inevitável olhar pra eles.

A sensação não é mais a mesma. Mas ainda é boa.

Eles não me parecem mais tão altos e nem acho que eles tocam o céu. Mas eles tocam lugares ainda mais sagrados.

O que aprendi com isso? Escolha metas por mais simples que sejam. Compartilhe essa meta com as pessoas que estão a sua volta. Faça com que o caminho seja incrível! Comemore muito quando chegar lá. Mas reserve um tempo pra aproveitar a sensação boa que vem depois da conquista.

Depois é aquela coisa: primarada, tia louca, gritaria e pão feito em casa.

Hoje eu sei que aquela mágica toda nunca veio do tal pinheirinho.

Vinha dela...

Foi sempre a minha mãe.

Coisas que eu tinha medo quando era criança

Eu tinha muito medo do Bêbado.

Não de qualquer bêbado.

Mas DO Bêbado.

O Bêbado era um cara que aparentemente roubava as crianças.

Provavelmente pra devorá-las.

Igual à bruxa de João e Maria, só que alcoolizado.

Também não era uma pessoa específica.

Era mais uma entidade que tomava várias formas de caras maltrapilhos andando pela cidade, falando alto e carregando uma garrafinha plástica de pinga.

Então, eu tinha muito medo do Bêbado me devorar.

Eu também tinha medo do circo.

Não do circo todo.

Dos bichos.

É que quando eu era criança tinham leões no circo.

E tigres.

E elefantes.

E poodles que pulavam em círculos de fogo.

E mais leões.

Um horror, né? Maldade pura. Eu sei.

Mas a gente não tinha a menor consciência ambiental nos anos 1990. (Perdão, planeta.)

Então, eu amava os animais no circo.

Mas também tinha medo.

Medo de ser sequestrada e devorada, porque rolava a história na cidade de que as pessoas do circo não tinham dinheiro pra alimentar os leões, então eles roubavam cachorrinhos e criancinhas que estavam na rua sem os pais pra dar de comer pros leões.

Então, eu tinha medo dos leões me comerem.

Também tinha medo dos ciganos.

Porque as pessoas falavam que eles sequestravam as crianças pra... comer!

Então, quando tinha acampamento cigano na cidade, eu ficava com medo e a gente passava o recreio inteiro correndo, dando voltas na escola, sem parar. Até o sinal bater.

Não podia parar de correr porque os ciganos podiam te roubar e te comer.

— Nossa, AB, no que correr em volta da escola ia ajudar?

Não sei.

Talvez eles ficassem tontos.

E perdessem a fome.

Sei lá.

Sei que eu tinha medo dos ciganos me comerem.

E por fim eu tinha medo dos maçons.

Na minha cidade tem um parque cheio de mistérios e lá perto tem um castelo feito de pedras, que fica meio escondido e tem o aspecto de algo muito antigo e enigmático.

Um lugar com a atmosfera perfeita pra... adivinhem o quê???

Isso mesmo.

Comer as criancinhas.

O castelo é dos maçons da cidade e atrás dele tem uns poços enormes de pedra... e ninguém pode chegar muito perto...

Não sei como aconteceu essa lenda da minha infância, mas algum dia, de algum jeito, recebi a informação de que os maçons do castelo matavam e comiam crianças lá dentro.

E ninguém podia chegar perto por isso.

Desde então, comecei a ter medo de maçom me comer.

Resumindo: passei a infância inteira com medo de alguém me comer.

Que ironia, né?

(Risos.)

Mulher é toda "errada"

Acontece que a mulher nasceu errada. É isso.

Não é nossa culpa, veja bem... deu alguma pane muito grave na fábrica de mulheres e, por causa disso, a gente nasce com vários pequenos (ou grandes) erros que precisam ser consertados.

Acontece.

Nem deus (ou a natureza, como preferir) acerta todas as vezes, né?

(Alerta: essas e todas as outras frases deste texto contêm ironia e muito, muito ódio pela sociedade machista e pela indústria da beleza. Acho que é óbvio, mas sei lá... o mundo tá louco, não vou arriscar.)

Vamos lá a alguns exemplos: Unha.

A cor da unha é idêntica no homem e na mulher, certo? Certo!

A única pequetitica diferença é que a cor da unha do homem é ótima, linda, perfeita, deus arrasou, melhor cor, lindíssima sem defeitos.

E a da mulher... bom... parece malcuidada, né? Falta um capricho!

Mas relaxa que a gente arranca meio quilo de bife dessas pelezinhas em volta e depois passa uma cor aqui, um gel ali, cola outra unha de plástico no dedão, desenha uma florzinha, cola uma pedrinha preciosa e show! Sucesso. Só faltava um talento!

Vamos agora falar da sobrancelha... bom... é bem complicado, sabe?

Lá nos anos 2000 a sobrancelha *certa* era aquela finíssima, quase um risco feito de lapiseira 0.5, que deixava nossa cara igual a uma bolacha.

Mas a gente foi atrás! Passamos horas e horas com uma pinça arrancando pelinho por pelinho, deixando nossos folículos inflamados e com ódio, até que os pelos resolveram nunca mais nascer (que sonho!).

— E aí, AB?

Aí mudou tudo.

De repente, o manual do "certo e errado" revogou umas regras, sabe? Acontece... e a sobrancelha *certa* passou a ser grossa e com um formato bem definido parecendo o símbolo daquele tênis caro.

— Logo agora que meus pelos pararam de crescer?

Pois é... acontece, acontece.

Mas ó... sem drama, dá um jeito, pinta, tatua!

Isso mesmo. *Tatua.*

— Mas dói, AB!

E daí? Você não quer ser certa? Ser certa dói!

Só que...

— De novo, AB?

Uhum. Não é culpa nossa, as regras mudam. É uma loucura!

De repente, a sobrancelha definida é ridícula, horrorosa, *out*, eca, nojo.

E a sobrancelha *certa* passou a ser uma descabelada com os pelos todos pra cima.

Mas que pelos?

Eu sei, eu sei... a essa altura sua sobrancelha tá quase careca e você anda com uma sombra feita de tatuagem com 3 cores diferentes.

Eu sinto muito! Acontece!

Claro que durante todos esses processos a sobrancelha masculina tava lá intacta, belíssima, cumprindo seu papel de ser escudo e proteger esses lindos olhos sem defeitos.

Mas entendam, mulheres... a sobrancelha masculina tem um papel importante na anatomia humana! A nossa é só... errada! Que erro! Que erro!

Aaaaah, e não vamos deixar de falar de outros pelos do corpo!

Esse é pra mim um dos *maiores erros* da fábrica de mulheres!

Vocês acreditam que as mulheres (sim, *todas* as mulheres) nascem *com pelos* sendo que é expressamente *proibido*?

Pois é. Só pode ser coisa de estagiário! Mão de obra barata!

Aí a gente precisa arrancar todos os pelos antes que a sociedade desconfie que eles existam.

É um segredo nosso. A gente assina um contrato de confidencialidade assim que nasce mulher.

Eu tô correndo riscos contando isso aqui. Mas mulher tem pelo, sim. A gente arranca.

— Ai, AB, mas depilação é higiene né?

É. Claro, claro. Com certeza.

Tudo beeem que a gente ama um peito masculino, bem cabeludo, pra se aninhar e dormir em paz. Ama!

Mas é diferente! Todo mundo sabe que o pelo do homem é feito de arco-íris e jasmim, e o da mulher de lixo tóxico e cocô.

Acontece, né? Acontece.

Quer mais? Pois *muito que bem*.

Eu posso, de verdade, fazer essa lista por mais de sete horas.

Cês sabiam que existe *cheiro* certo pra pepeca? (Será que posso falar de pepeca aqui? Sei lá... vamos torcer que sim.)

Pois é. Infelizmente *nenhuma mulher* nasce com ele.

Pequeno erro. É uma pena. Acontece.

Mas caaaalma, amiga! Não se desespere! O mercado capitalista deu um jeito nisso! Claro! Bondoso como sempre.

Faz o teste: entre em uma farmácia e conte quantos produtos existem para deixar a pepeca mais pepecosa.

Depois faça o mesmo com os produtos dos perus (5ª série B em polvorosa com meu linguajar).

Não tem *um* produto embelezador de peru. Um perfuminho de flores do campo. Um amaciante antibacteriano. Um condicionador de cachos com efeito duradouro antifrizz. Não tem!

Tem produtos pra facilitar a vida do peru que entra na pepeca. Só. É só disso que essa belezinha precisa, né?

Porque perus são xuxubeleza. Bonitos por natureza. Pomposos e estilosos.

Não são como pepecas sujas, obscuras e fedidas, sabe?

Acontece, acontece.

Não é culpa de ninguém especificamente. Erros acontecem!

Infelizmente acontecem muito (*muito*) mais no modelo mulher do que no modelo homem, que aliás (será que eu já comentei, aqui?) é belíssimo!

O que nos resta é arrumar. Então, pega a cestinha e coloca esmalte, silicone, descolorante pra tirar a cor dos cabelos, tinta pra botar a cor nos cabelos, blush, delineador, batom, cera, boletas ilegais pra tirar o apetite, pinça, cinta modeladora, calcinha com bojo e aerossol sabor pipoca de chocolate pra pepeca. Ah! E uma tesoura sem ponta. Nunca se sabe, né?

Acontece.

Na janela logo ali (Gabriel ecológico)

— Mas meu deus, pai, a água vai acabar! (*Soluços de choro.*)

— Gabriel, eu não quero saber.

— Pai, não vai mais ter água pra nada, nem pra tomar banho, nem pra nada, pai! (*Mais soluços de choro.*)

— Gabriel, eu já mandei!

— A professora falou, pai. Não vai ter água pros bichos, pras plantas, pra gente. Não vai ter mais água, pai. (*Ainda mais soluços e choro.*)

— Gabriel, eu não vou repetir: Vai agora!

— Não vai ter água pro cachorro, pai. Os cachorros, pai. Ai, meu deus! Aiaiai, os cachorros... (*Soluços e choros ao infinito.*)

— Gabriel, vai lavar essa louça AGORA!

Eu tô chocada com o nível de argumentação psicótica ambiental manipuladora sentimental do meu vizinho de dez anos.

A vida é ridícula

Essa é a história do meu acidente.

Mas calma, porque não é uma história dramática e nem aconteceu nada de grave (minha cara é considerado algo grave, será?) e tá tudo bem. Também não é uma história de superação. É só uma história sobre o quanto a vida é ridícula.

É isso.

A vida é ridícula.

(Começa com a parte misteriosa da história.)

Era meu aniversário e eu tinha feito 20 anos. Comprei um bolo e comemos na casa da minha vó. Pegamos um táxi (eu e minha mãe) pra voltar pra casa e a taxista (uma mulher) ficou me olhando pelo retrovisor e falando pra minha mãe algo tipo: "Meu Deus, como sua filha é linda! Que menina linda! Olha esse rosto perfeito! Olha esse nariz de boneca!".

Eu sei que parece fofo agora, mas foi esquisito, porque ela falava demais, sabe?

Aí minha mãe ficou muito incomodada.

— Não gostei do jeito que essa mulher falou de você.

— Ué, mãe, é que eu sou uma princesinha da Disney mesmo.

— Eu não gostei.

E mãe, minha gente, mãe é bruxa. Mãe sente e sabe.

Guardem esses elogios vindos de uma taxista.

Tá.

(Esta é parte dramática, mas juro que ela passa rápido e logo começam as histórias ridículas, aguenta aí.)

Na manhãzinha do outro dia, fui para a cidade em que

eu morava (fazia Jornalismo em Ponta Grossa — *sim*, o nome da cidade é *Ponta Grossa* — e morava lá pra estudar). Cheguei na rodoviária e peguei um táxi. Normal.

Olhei a fila de táxis e fui na direção do primeiro (a gente pega sempre na ordem da fila), e aí uma coisa dentro da minha cabeça falou:

— Espera, Aline. Pega o próximo.

Essa coisa da minha cabeça é meio que uma coisa que sabe das coisas muito melhor que eu.

Só que eu demorei pra entender essa coisa e dar valor pra ela.

Então, nesse dia, eu falei pra coisa da minha cabeça: Esperar por quê? Só porque o carro de trás é melhor? Que coisa enjoadinha que você é, hein! Nada disso, vamos pegar esse aqui mesmo, dona coisa. Larga de frescura.

Entrei.

No meio do caminho, o motorista falou meio nervoso com alguém pelo celular. E a coisa de dentro da minha cabeça falou de novo:

— Aline, pede pra descer. Mente. Fala que é aqui.

E eu: Para, dona coisa. Você tá ficando maluca.

Chegamos em casa. Tudo 100% tranquilo. Ele parou o táxi. Paguei. Tirei o cinto. Abri a porta e tava saindo, quando rolou o seguinte papo.

Taxista: Você mora do outro lado da avenida? (era uma avenida de mão dupla)

Eu: Sim.

Coisa da minha cabeça: Desce Aline. Desce.

Taxista: Ah, mas eu te deixo ali, então. Pra você não precisar carregar essa mala pesada.

Coisa da minha cabeça: Não, Aline. Desce!

Eu: Tá.

Coisa: Não!

E foi isso.

Depois disso o motorista virou o volante pra dar um balão e eu ouvi um freio e uma buzina, e eu pensei "Nossa! Um acidente" e em seguida "Péra... eu tô no acidente! Esse é o acidente".

E aí as coisas se mexeram e na minha cabeça passaram as seguintes informações: Eita, eita, e agora? Será que a hora que isso parar eu vou tá morta? E como é que eu vou saber se eu tiver morta? Será que dá pra saber? Ou será que a hora que isso parar eu vou sentir dor, muita dor? Será que eu vou gritar de dor? Ou será que eu não vou poder me mexer? Será que meu corpo não vai mexer? Será que eu vou tá presa? O que será que vai acontecer? Só que isso deve ter durado segundos, sei lá...

E aí o carro parou.

E a imagem que eu lembro é de um sabonete cheio de sangue, dentro de uma saboneteira.

Como é que o sabonete ficou cheio de sangue, mas se manteve dentro da saboneteira, eu nunca entendi.

A saboneteira tava no chão do carro entre os bancos da frente e de trás, e eu tbm.

Aí eu levantei e sentei. E fiquei lá. Parada.

Olhei praquele espelhinho que fica no para-brisa do carro e vi que eu tava toda ensanguentada, tipo muito, muito, muito sangue mesmo. Eu parecia um personagem de filme de terror. Minha cara estava toda cortada. Eu, literalmente, *quebrei* a janela do carro com a *cara* (bem bailarina e delicada que sou).

Lado bom: senti zero dor. Zero. Nada. Eu não senti nada.

— Será que você não tava doidona, AB?

Não. Eu tava 100% consciente. Mas 0% com dor.

Olhei pela janela e tinha uma galera já se reunindo em volta do acidente, o taxista saiu do carro (esqueceu que eu tava ali) e começou a ligar pra todo mundo. Veio perto de mim um tiozinho que tinha uma barbearia no térreo do prédio que eu morava. E ele disse: Fica calma, moça. Não se mexe, tá? Tá tudo bem, a gente já chamou a ambulância. Fica tranquila. Tá tudo bem.

E eu dizia: Tá bom.

Ele foi um amor tentando me acalmar. Mas eu já tava calma. Por mim, eu saia de lá pra lavar a cara. Mas ele não deixou.

(Agora começa a parte cheia de muitas partes ridículas.)

Cês lembram que eu tava na frente de casa, né? Pois bem. Olhei pro meu prédio e quem estava lá, na janela, bitucando o acidente? A menina que morava comigo. Gritei:

— EIIII, SOU EU, SOU EU.

Quase matei a menina do coração.

Desce ela de pijama e descalça em total desespero.

— MEU DEUS, MEU DEUS, O QUE ACONTECEU?

— Olha, olha. Eu tô toda cortada. Olha!

— Cala a boca, cala a boca. Não se mexe.

Aí toca meu celular.

Só pra relembrar, eu tava DENTRO do TÁXI acidentado, esperando uma ambulância chegar. E toca meu celular.

O certo era eu atender? Não sei.

Atendi.

— Alô.

— Oi, Branda! Você tá chegando? (era um amigo da minha turma de jornalismo.)

— Amigo, acho que eu não vou.

— Branda, mas você tem que vir. Você entra ao vivo hoje e o entrevistado do Reviver tá aqui. (Reviver era uma ONG e eu ia entrevistar uma pessoa de lá em uma entrada ao vivo do jornal da faculdade.)

— Então... é que eu sofri um acidente.

— Quê? Como assim?

— De carro.

— Quando?

— Agora.

— Como, agora, Branda? Onde você tá?

— No acidente. Eu tô no acidente.

— Onde?

— Na frente de casa. O taxi bateu. Eu tô aqui.

Resultado: três minutos depois chegaram umas dez pessoas da faculdade, entre colegas, professores e o *entrevistado*. Sim. A pessoa que eu ia entrevistar, foi ao acidente. E eu lá, no carro. Paradinha. Ensanguentada.

E todo mundo desesperado e preocupado e eu *acalmando as pessoas*.

— Ai, meu Deus Branda, deve tá doendo, né?

— Não tá. Eu tô bem.

— Calma, Aline, a ambulância já chega.

— Eu tô calma. Fica calmo!

Eu já tinha virado atração de um zoológico muito louco. As pessoas passavam, olhavam bem pra minha cara arrebentada, e saiam. E eu lá, pleníssima.

Chegou a polícia e em seguida o jornal e a TV (*sim*). E nada de ambulância.

O policial veio falar comigo e disse pra eu continuar paradinha.

O povo da TV começou a montar as câmeras e o policial:

— Moça, eu vou ficar na sua frente pra esse povo não te filmar, tá?

— Tá.

— Esse povo é nojento, né?

— É, nojento.

— Sério, moça… jornalista é o *pior* tipo de gente que tem.

— É o *pior*!

— Tenho nojo de jornalista. Você não tem?

— TENHO, SIM. NÃO DEIXA ESSES NOJENTOS CHEGARAM PERTO DE MIM!

— Pode deixar, moça.

Risos. Risos. (Se você perdeu a piadinha, é que *eu sou* jornalista e obviamente o policial não sabia.)

Enfim chegou a ambulância e lá fomos nós pro hospital.

Eu, na ambulância e, atrás da ambulância, uma galera do curso.

No caminho, umas cinco pessoas diferentes me perguntaram qual era meu nome, nome da mãe, o que eu fazia e qual minha idade. Não pra preencher fichas. Só pra ver se eu tava funcionando.

E eu tava.

Só que eu tinha acabado de fazer 20 anos, então às vezes eu resvalava nessa resposta.

— Desenov… Vinte. VINTE!

Aí eles ficavam preocupados achando que eu tava doida de bater a cabeça e perguntavam mais coisas.

Chegando ao hospital, só uma pessoa podia entrar comigo. Foi uma menina da minha sala, que era mais responsável e menos abobada.

Beleza.

Primeiro passo: me limparam pra saber a situação real do estrago do meu lindo rostinho de princesa (ex-rostinho de princesa, no caso).

Segundo passo: me costuraram.

Foram 27 pontos. NA MINHA CARA!

E eu tava acordada o tempo todo.

Senti cada fiozinho. Mas de boa. Zero dor.

Fiquei igual o Chucky depois do primeiro filme. IGUAL.

Esse, inclusive, virou meu apelido.

Um dos lados da boca eu abri igual ao Coringa.

Referências, né?

Minha cara toda rasgada e a enfermeira dizia assim, enquanto colocava os curativos: Vou colocar o micropore da cor da pele, porque vai ficar bem discretinho. IMAGINO, MOÇA!

Terceiro passo: saí da sala onde me costuraram pra ir pra outra sala tirar raio X de todo o corpo, pra ver se tinha algo quebrado. Me botaram em uma cadeira de rodas (por protocolo) e foram me levando...

Aí fui reparando que tava cheio de gente da faculdade lá dentro!

Gente que nem tava na hora do acidente.

E eu pensando: Ué? Mas não podia entrar só uma pessoa?

Sim. Mas (isso eu soube depois) toda vez que entrava um paciente sozinho, pra ser atendido, alguém da faculdade fingia que era acompanhante e entrava junto.

Resultado: Fui passando pelos corredores e dando tchauzinho pra galera. Miss faz assim, né?

Devidamente costurada e sem nada quebrado (a não ser uns dentes), fui pra casa.

E o que você faz quando chega em casa com a cara toda costurada parecendo um monstro de filme de terror?

Isso mesmo!

Um ensaio fotográfico temático com seus amigos fingindo estar com medo de você.

Também fui no salão que tinha debaixo do meu prédio pro tiozinho lavar meu cabelo ensanguentado e tirar os cacos de vidro.

Ele nem me cobrou. Melhor tiozinho *ever*.

Minha mãe foi da minha cidade pra lá, com a minha madrinha, e quando ela chegou foi a primeira vez que chorei. Até então eu tava achando tudo bem cômico.

Mas aí eu vi o desespero dela e pensei: EITA, será que eu devia estar desesperada também?

Talvez...

Passamos no hospital de novo pra pegar umas orientações e, chegando na minha cidade, minha mãe fez uma sopa, mas eu não conseguia abrir a boca pra colocar a colher.

Eu tava toda costurada.

Os mercados estavam fechados e não tinha canudo em casa.

Achamos uma MAMADEIRA que eu ganhei de sacanagem em um amigo secreto e... SIM!

O AUGE!

Fiquei me alimentando de *mamadeira* por uma semana pelo menos. Chique.

E é com essa cena, linda e *phyna*, que termino a história o dia do meu acidente: Euzinha, com 20 aninhos, tomando uma mamadeira.

A

vida
é
ridícula.

Fada sem defeitos

Quando a tóxica rivalidade feminina ainda poluía meu frágil coração e qualquer guria que estava na categoria ex do atual, atual do ex, amiga do atual da amiga do ex da atual (você entendeu) vinha e dizia:

— A...

Eu dizia:

— Quem que é essazinha aí? Hunf! Só porque é bonita, inteligente, sarada, esperta, moderna, descolada, educada, sorridente, caridosa, simpática, gentil, saudável, amorosa, estudada, trabalhadora, dedicada, só porque ela passou em 7 faculdades, fala 17 línguas, só porque ela ajuda ONG de idosos e resgatou 345 cachorros de rua, só porque ela usa perfume importado e sabe se maquiar, só porque o cabelo dela brilha e as unhas dela reluzem, só porque ela é toda sarada e anda de salto com elegância, só porque ela é feliz, lê um livro por semana, toca violino e guitarra, só porque ela dança balé e ama forró, só porque ela sabe combinar xadrez com estampa, ela quer se achar grandes coisas? COI-TA-DA. Ridícula que não se enxerga.

Agora que o amor das minas e a sororidade adentrou o meu ser pra nunca mais sair e qualquer, absolutamente *qualquer* guria vem e diz:

— A...

Eu:

— Arrasou mana, tá certíssima, falou tudo, lacrou demais, sambou na cara da sociedade sua deusa do sagrado feminino, olha esse útero mais perfeito carregando o poder desse universo todinho, como não amar um mulherão desse, poderosa demais, me dá a mão, conta comigo pra tudo, estamos juntas e é pra sempre, quem liga pra homens, né, somos as tataranetas das bruxas que eles não conseguiram queimar, vamos só resplandecer nossos fluidos da fertilidade eterna por aí, linda do jeito que é da cabeça aos pés do jeitinho que for, tá menstruada, calma que tenho um absorvente, amiga, somos irmãs de espírito, guerreiras da antiguidade e vamos passar por tudo juntas, e não esquece que você é o sol, tá, o SOL, fada sem defeitos! Te amo.

Poodle e Pinscher

Acho que quando a gente perde alguém que a gente ama (tô falando de morte e não do *crush* que excluiu seu depoimento do Orkut), uma coisa muito importante e essencial muda na nossa consciência, sabe? Bem lá dentro.

É como se virasse uma chavinha quase imperceptível, mas que você sabe que virou e que agora não tem mais jeito.

Não é só a saudade ou aquela tristeza que tá sempre ali, às vezes mais escondida, às vezes escandalosa. É outra coisa.

Meio como se surgisse um bicho lá dentro de você que fica o tempo todo esperando algo muito ruim acontecer, porque ele nunca mais quer ser pego de surpresa pela vida. Esse bicho olha pra vida e rosna, baba um pouco e diz, *Aqui não, sua vadia. Aqui nunca mais!*

Não que ele se sinta preparado pra outro tombo. Ele não tá. Ninguém tá. Mas ele finge, sabe? Ele mostra os dentes e levanta o rabo... como... como um pinscher! (Isso. Perfeito! Eu sou muito boa pra criar exemplos visuais.)

É como se surgisse um pinscher nervoso e de olho esbugalhado que tremilica de ódio dentro da sua consciência a cada movimento esquisito da vida.

Só que na verdade ele tá desesperado, morrendo de medo, porque ele sabe que é pequeno e frágil e burro e qualquer coisa pode acabar com ele. Então ele reúne todo o seu poder e olha no fundo dos olhos do possível perigo e rosna. E tremilica. E baba. E nunca fica em paz, porque *O que que é aquilo ali?? Rrrrrrrrrrrr au au au au au au!*

E tenho um pinscher tremilicante dentro de mim desde que meu pai morreu.

Com certeza, tenho.

Acho que dá pra chamar isso de crescer. Dá pra chamar de trauma também. E de vinho com relaxante muscular.

Não que antes disso eu tivesse uma gata manhosa vivendo na minha consciência. Definitivamente não.

Acho que tava mais pra um poodle bem bobo e atrapalhado que se mijava todo de empolgação toda vez que a vida fazia uma visita. Ou melhor! Um poodle bem bobo e atrapalhado, que de tão bobo e atrapalhado e empolgado, se enrosca na perna da vida e fica lá se esfregando, tipo quando os dogs tentam transar com a perna das visitas, sabe? Então... acho que é uma boa definição da minha energia anterior. Um dog empolgado e bobo se esfregando na perna da vida.

Não acho que o poodle tenha ido embora.

Acho que ele ainda tá aqui.

Só que com medo porque o pinscher tem os olhos muito esbugalhados.

Gosto dele. Fico feliz que ele não tenha desaparecido pra sempre.

Mas, de verdade, também não quero que o pinscher vá embora.

Me sinto mais protegida com ele. Menos vulnerável. Menos boba.

Os dois são importantes pra mim.

Só acho que eles podiam ficar amigos.

Sabe? E entrar em consenso. Um pouco se mija de alegria e um pouco tremilica e rosna.

— Eles podiam ser um casal e ter filhotinhos, né, AB?

Ai, credo, não! Minha consciência não é um canil. Limites gente, limites.

Paraquedas

No Tinder:

Guilherme, 35 anos: *Sou casado e caí de paraquedas aqui.*

Na mesma hora, a minha mente:

Estava Guilherme sentadinho em sua poltrona sobrevoando uma paisagem verdejante.

O valor investido no lugar com espaço extra para suas pernas fortes e alongadas, pouparia seus joelhos de ex quase futuro profissional de futebol.

Lá de cima, as enormes árvores pareciam pequenas moitas difusas.

O destino do voo?

Pouco importa.

O destino, aquele que é escrito por mãos invisíveis, era outro... mal sabia, Guilherme.

No avião, uma criança chorava, a mãe nervosa tentava acalmá-la cantando uma canção que despertou em Guilherme lembranças de tempos mais simples. Algo sobre uma vaquinha e uma fazendinha.

Gui, como era chamado pela esposa que tanto amava, se recostou na poltrona pensando em tirar um cochilo e descansar do grande fardo que carregava por ser um homem hétero branco e cis.

Quem vê sucesso não vê corre, pensou ele.

De repente, como se os céus concordassem com seu pensamento sofrido, todo o avião começa a tremer.

Tremer muito!

A criança chora ainda mais, mas agora a mãe já não canta.

Alguns gritam. Alguns rezam. Alguns riem de nervoso.

E depois… silêncio. Calmaria.

Ufa! Passou!

Foi só um susto, só um susto.

Susto? O destino ri de Guilherme.

De volta o avião treme. Treme muito. Como se dançasse Calipso ou convulsionasse. Ou os dois!

Gritos!

Escuridão.

Queda.

O suporte de ar cai no colo dos passageiros, mas o avião treme tão descontroladamente que Guilherme nem consegue encostar um dedo nele.

O piloto fala alguma coisa que pareceu: *Deus nos ajude.*

Mas Gui não sabe se foi isso mesmo ou apenas uma ilusão auditiva criada pelo medo.

Quando tudo parecia perdido, Guilherme lembra de algo que está em sua bagagem de mão, e que ele carrega consigo desde que ouviu uma linda lição de seu instrutor de CrossFit: *Se cair, que seja de paraquedas.*

Tomado de incrível coragem, ele resgata o paraquedas de sua *nécessaire* de Whey Protein, o ajeita nas costas, abre a janela e… pula!

Pula em direção ao futuro.

Ao inesperado.

A uma vida nova e cheia de aventuras inimagináveis.

E assim ele sente seu corpo caindo, caindo, caindo até… tocar o chão.

— Vivo! Estou vivo!

Guilherme olha em volta e... Que lugar estranho é esse?

Em uma placa de madeira escura, ele lê, talhado com algum objeto pontudo o nome do local de sua aterrisagem forçada: Tinder.

Foi assim que Guilherme, o casado, caiu de paraquedas no Tinder.

Guerreiro demais.

Tartarugona nervosa

Eu, de verdade, não acho que você não tem um coração. Você tem.

Só que o seu coração é tipo um chefão de videogame sabe?

Ele tá lá no final, escondido em uma caverna escura protegido por canhões, gorilas musculosos e feitiçaria.

— Ah, é?

É. E pra chegar nele a gente tem que passar por um monte de coisa difícil, tipo lutar com um monte de dinossauros robóticos, e catar uma centena de estrelinhas douradas escondidas, e matar os ogros malvados, e pular os buracos de lava, e pegar os poderes da árvore da vida, e correr bem rápido antes que as labaredas da flor carnívora foguenta queimem a nossa bunda.

Sabe?

— Na verdade, não sei...

É assim: Você tem um coração, mas pra chegar lá tem que passar por várias fases.

Aí tem a fase do gelo e do fogo e do espaço e da floresta e do deserto e, enfim, a fase do grande e frio vazio existencial.

E se você consegue passar por todas as fases com vida, você ainda precisa enfrentar o chefão fazendo a manha de dificuldade máxima que é bola + X + meia lua pra esquerda + chuta, pra soltar o poder mais poderoso e destruir a última barreira, que separa toda a alegria do mundo proporcionada pelo amor verdadeiro, de você.

Entende?

— Não, Aline, não entendo.

Resumindo: teu coração é aquela tartarugona nervosa do jogo do Mario Bros. que tem espinho no rabo.

— Hummm, e o teu?

O meu é a tartaruguinha da primeira fase que cai no cano sozinha porque não sabe fazer curva.

— E como a gente resolve isso?

Não resolve. Eu não sei jogar.

Dura missão

Deve ser muito duro ser "macho alfa".

É um estado de vigilância constante.

O macho alfa precisa estar atento a cada detalhe porque um deslize minúsculo pode derrubá-lo do seu trono alfa e transformá-lo imediatamente em um macho beta. Ou pior. Em um antimacho antialfa.

Não ri, não. É sofrido.

Imagina um macho alfa passeando em uma loja de macho alfa escolhendo sua camisa de macho alfa, quando de repente toca um sucesso de Sandy e Junior – "As quatro estações" – e sem pensar, envolvido por lembranças da juventude, o macho alfa cantarola: *O outono é sempre igual, as folhas caem no quintal...* Fim. Acabou. Um macho alfa não cantarola Sandy e Junior.

Ouvi dizer que o COMA (Conselho Oficial do Macho Alfa) tem representantes disfarçados em cada sala de cinema para analisar se algum membro do MATA (Machos Alfers Trincadores de Abdomens) deixa escapar uma lágrima durante um filme triste tipo *Como treinar seu dragão*. Um macho alfa não se emociona. Nem com histórias de dragões.

Nas cafeterias, cada vez que uma garçonete pergunta pra um macho alfa: *Seu café é com leite?*, um alarme soa alertando o perigo do macho alfa responder: *Sim*. Um macho alfa não aceita leitinho no café. Jamais.

É duro. É amargo.

Você sabia que cada macho alfa é obrigado a portar um catálogo de cores da Pantone, com os tons de rosa e salmão que são *proibidos* para a classe? Pois é... Dizem que, se a blusa vermelha que que você ganhou da sua vó desbota e atinge um dos tons perigosos, você é imediatamente expulso do clã. Um horror.

Não pode gostar muito de doce.

Nem de drinque com guarda-chuvinha.

Nem de música pop.

Nem de poesia.

Nem de filhotinho de gato.

Nem de mijar sentado.

Nem de lavar a bunda.

Nem de mulher.

Difícil.

Anos 1990

— Ô pai, que que é suruba?

— É uma festa, Aline.

— E por que que a Maria ficou arregaçada e não conseguia sentar?

— Porque ela dançou demais.

— Nossa! Ela até chorou.

— Pois é.

— E por que eles comiam as pessoas?

— Eles tavam jogando Dama.

— Humm.

*

— Paiê, por que que quando dança o tchan depois de nove meses você vê o resultado?

— Porque nasce um nenê.

— De dançar o tchan?

— É, Aline. É.

— E por que a mãe pega na cabeça de menina que requebra?

— Porque é feio requebrar.

— Hummm... E o pau que nasce torto...

— Aline, vai brincar!

*

— Pai, é verdade que os cachorros comem a mãe, a irmã e a tia?

— Se eles tiverem fome, sim.

— Credo! Existe muita putaria no mundo animal, né?
— Menina, cadê tuas bonecas?

*

— Essa garrafa tá vazia?
— Tá.
— Me empresta pra eu dançar igual à Carla Perez?
— Não.
— Mas eu queria...
— Não.

*

— Pai, sabe o que eu vou ser quando crescer?
— Hum...
— Essas meninas que vão na banheira do Gugu pegar sabonete.
— Aline, sai de frente da TV!

*

Ser pai de criança nos anos 1990 não deve ter sido fácil. Perdão.

Disney, você mentiu pra mim!

A culpa é das novelas.

E da Disney.

E dos jornalistas de revistas adolescentes dos anos 2000.

Acontece que a gente nasce e cresce condicionada a achar que a motivação da nossa vida é basicamente encontrar o cara certo.

Custe o que custar.

Mesmo que pra isso precise enfrentar o inferno (ou a Carminha).

E aí... bom... aí você se casa.

E aí... bom... aí fim.

Todo mundo aplaude e começam a aparecer os créditos.

Fim da novela.

Fim da história de princesa.

Fim do poema.

Final feliz.

Missão cumprida. Agora, comecem a procriar.

Ninguém te fala do depois.

Ninguém te conta que existem outras possibilidades.

É esse "e viveram felizes para sempre" cravado na nossa cabeça. É culpa dele.

Pensa comigo:

A Cinderela foi escravizada dentro da própria casa depois que o pai morreu.

Mas sabe qual o ápice da vida dela?

Vingança? Não.

Justiça? Não, senhora.

Dançar com o mauricinho do príncipe toda linda e cheirosa num baile que ele fez pra que *todas as moças* do lugar ficassem disputando sua atenção.

Com a Branca de Neve foi *pior*... ela foi violentada enquanto dormia.

Siiiim. Porque o cara beijou a guria que nunca tinha visto, sem o consentimento dela. E ela estava dormindo petrificada envenenada, parecendo um picolé duro e gelado, no meio da floresta.

Cês tem noção?

E sabe o que ela fez?

Ela *casou* com ele! Logo depois.

Porque, claro, um cara que te beija enquanto você está desacordada, sem poder se mexer ou falar, é com completa absoluta e inegável certeza, o seu amor verdadeiro.

A idiota da pequena sereia vendeu a própria voz (a moça aquática era a própria Mariah Carey dos oceanos) pra ter pernas e tentar chamar a atenção do boy que ela nem conhecia (coisa que, na história original, não conseguiu e acabou morrendo e virando espuma do mar).

É muita humilhação pra uma princesinha, sabe?

E aí vem as novelas que, por mais treta que tenham ao longo da história, sempre terminam na bendita cena do casamento da mocinha (frequentemente sofrida) com o mocinho (normalmente bundão).

É culpa daquela cena que passa na sexta à noite e repete no sábado, só pra gente assistir de novo e gravar ainda mais em algum lugar do córtex que nos faz sonhar com algo completamente ilusório.

Esse é o fim.

É o ponto de chegada.

É onde a história acaba.

É o que dá sentido pra toda a confusão que aconteceu durante todas aqueles meses de história envolvendo dezenas de personagens.

Tudo se enrolou e desenrolou e enrolou novamente pra que você estivesse ali, toda linda de branco dizendo "sim".

Você foi enterrada viva ao longo da história. MAS TUDO BEM, POXA! Agora você vai casar com o Cauã. (E perdão usar esse exemplo velho e meio fora de moda, mas eu não assisti Pantanal.)

Você foi maltratada, perseguida, deixou seus sonhos de lado, sofreu violência, mas NÃO TEM PROBLEMA NE-NHUM, MENINA, PORQUE AGORA CHEGOU AO FIM E VOCÊ CASOU.

Parabéns. Final feliz.

Por isso a sociedade fica tão bitolada. E com sociedade eu quero dizer EU.

E por isso a gente tende a aceitar tanto príncipe meia-boca.

E a lutar por tanto mocinho fim de feira.

E a ficar tão perdida quando o "felizes pra sempre" não dura nem uma semana.

A culpa é da Disney.

E da Globo.

E da Barbie (essa boneca loira e magra que tem tudo… rosa).

E da pequena sereia, aquele peixe sem cérebro.

A bicha podia ser a Shakira de Atlanta, a Beyoncé dos sete mares, a Sandy do abre a concha mariquinha, mas nãããããããããão!

Em vez disso, vou dar minha voz pra essa bruxona aqui e ir embora do reino que meu pai comanda, ficando então longe de tudo que conheço e de toda a minha família e amigos, pra encontrar o verdadeiro amor que tenho certeza que é aquele cara pernudo que eu vigio escondida dia e noite e que nem sabe que eu existo. Vai ser ótimo.

A Disney devia pagar nossa terapia.

(E as despesas do divórcio.)

Tudo é um bolo

Quando você está assim, de bobeira em casa, tipo num feriadão com chuva, e você está entediada e decide dar uma olhadinha na Netflix, você:

1. Procura escolher uma coisa interessante, misteriosa, inteligente, emocionante, premiada, esclarecedora, mega super hiper blaster foda;

Ouuuuuuu.

2. Procura uma coisa bem ruim?

Porque se você gosta de escolher coisas boas, não posso ajudar muito.

Mas, se você se delicia com séries/realitys beeeeeem ruins, eu sou a PESSOA CERTA!

Eu amooooooooooooo assistir a uma "porcaria".

AMO!

Sabe aqueles programas que são tão absurdamente ruins que chegam a dar água na boca de tão maravilhosos?

Que você olha e vê que facilmente podia ser um quadro no programa do Silvio Santos dos anos 1990?

Que podia muito bem estar no *Domingo Legal* entre o pintinho amarelinho e uma banheira cheia de sabonete e gente nua?

Algo que a Adriane Galisteu apresentaria com certeza...

EU AMO!

Exemplos:

Jovens sensuais em uma ilha paradisíaca dormindo todos juntos e sem poder se encostar para não perder dinheiro? ME DÁ QUE EU QUERO!

Dates onde uma das pessoas vai usando uma máscara de monstro pra provar que o interesse vai além da aparência? ME VÊ TRÊS TEMPORADAS!

Uma indiana casamenteira juntando casais levando em conta seus mapas astrais? COMO ALGUÉM PODE FICAR ENTEDIADO?

São horas e horas de muita inutilidade perfeita. É massagem para meu cérebro que pensa demais, cria demais, calcula demais. É minha coquinha gelada de todo fim de semana. (Até sei que faz mal, mas não vou tomar suco verde num sábado, OK, Dá um tempo.)

E hoje eu queria *muito* indicar pra vocês a minha mais recente descoberta de programa péssimo e maravilhoso.

Amei de um jeito que tô até nervosa.

ATENÇÃO!

Ele chama: Isso é um bolo?

Sim.

— E sobre o que é esse programa, AB?

É sobre isso. Descobrir se as coisas são bolos ou não são bolos.

Tem, por exemplo, cinco brinquedos numa mesa e aí você precisa adivinhar qual é bolo. Porque (pasmem) *nenhum* deles parece bolo.

Tão entendendo que delícia?

Que *genial*?

Que inútil e *perfeito*?

E aí, depois dessa primeira descoberta, os senhores fazedores de bolos, fazem bolos que parecem... sei lá... um cérebro, um aspargo, um pato de borracha e desafiam juízes a descobrir se "É BOLO OU NÃO É BOLO, MEU POVO?".

E o moço lá, que é tipo o Faustão do programa, fica metendo a faca em tudo pra saber se é bolo ou não.

E é muito difícil de saber porque, como eu já disse, nada parece bolo.

Aí você fica: METE A FACA NESSE NIKE, CARALHOOOO! É BOLOOOO, É BOLOOO PORRAAAA, EU JÁ SABIAAAA!!!! CHUPAAAAA QUE É DE BOLOOOOO!

Sim.

Ele causa isso nas pessoas (pessoas como eu, pelo menos).

Vi todos os episódios em um dia e quando acabou, comecei a ter delírios e pensar: SERÁ QUE MEU SOFÁ É BOLO E NUNCA NINGUÉM ME DISSE? E eu, hein? EU SOU BOLO OU NÃO SOU BOLO?

Não sei. Não sei mesmo.

Qualquer coisa pode ser bolo. Não tem como saber.

E eu queria *tanto* que no final da temporada o apresentador enfiasse uma faca em si mesmo e revelasse que ele era bolo

O

TEMPO

TODINHO!

Mas não rolou esse final perfeito.

Uma pena.

Então assim… sério… assista.

Você vai amar e nunca mais vai olhar pra um livro, celular, um gatinho fofo sem pensar: ESSA PORRAA É BOLO! ME VÊ UMA FACA!

Brincadeira, galera.

GUARDA ESSA FACA! GUARDA!

CORRE MINHAU, SALVE SUA VIDA!

Me deixa passar

Olha aqui!

Preciso te falar um negócio que eu acabei de decidir.

A partir de hoje, não vou poder "estar estando" me importando com sua opinião sobre mim, porque eu tô com muita pressa de chegar. Entende?

E você me atrasa.

— Chegar aonde, AB?

Não sei.

Mas sei que tá logo ali e se eu me esticar um pouco mais (me falta umas aulas semanais de pilates), até consigo alcançar com a ponta do dedo.

E aí não rola ficar parada ouvindo seja lá qualquer coisa que você, ó ser das críticas, tem a me falar. Porque me consome um tempo danado revirar os olhos pra essa sua pose de pé no chão boçal disfarçada de preocupação.

Sabe?

Tem um lugar, ou uma coisa, ou alguém, ou uma comunidade, ou um sentimento, ou... sei lá... um pequeno carneirinho branco e felpudo, me esperando logo ali e eu preciso chegar.

Então, se você, por obséquio, puder sair da minha frente e me deixar passar, ficarei agradecida.

Um mapa com um grande X marcado também ajuda. (Uma bússola não, porque não faço ideia de onde fica o Norte e nem de onde fica o lugar/coisa/razão/ser pra onde eu preciso ir).

Mas só de ter meu caminho livre da sua presença já é um ganho enorme, porque a cada passo que dou com grande esforço, você aparece petrificado ali na minha frente, parecendo um joão-bobo com essa cara de sério me perguntando um monte de coisa que eu não sei, que nem quero responder.

É difícil seguir meu caminho pra algum lugar com você me parando o tempo todo pra perguntar que dia é hoje e me lembrar que tô atrasada (e velha).

Ajudaria muito se, em vez de cobranças, você me desse a mão e me levasse pelo menos até a esquina... só até onde eu consiga enxergar o resto do caminho.

Ou então some pra sempre. Me deixa andar. Mesmo que me perca e vá parar no extremo oposto. Pelo menos não tô parada olhando pra sua fuça suja.

E só pra você saber, nem vou com a sua cara, não sei pra quê você insiste tanto em grudar em mim.

Te falta autoestima, sabia?

...

Sabia.

De: AB.

Pra: AB.

Desperdício de potencial

— Você acha certo?

Impedir que eles cumpram sua missão?

Obrigar que eles desviem do caminho que foi sonhado pra eles? Projetado, preparado, estudado e meticulosamente arquitetado pra eles?

Me diz se você acha justo que eles vivam presos e esquecidos, enquanto seus pares seguem abrilhantando e colorindo o mundo por aí?

Você dorme tranquilo, sabendo que o seu egoísmo decretou a prisão perpétua de tantos inocentes?

Já imaginou, por um segundo sequer, como deve ser triste o destino da cola que jamais colará?

Se coloca no lugar deles... Imagine as milhões de possibilidades de lugares para fixar suas raízes, mas em vez disso, estar guardado empoeirado pra sempre.

Eles nasceram pra quê? Não importa. Você, com seu desejo de ser deus das coisas, cortou a linha lógica da vida despindo de significado a existência desses que agora sofrem com o vislumbre da eternidade sem sentido.

Você não se pega pensando nisso? A vida eterna pra quem nunca viveu de verdàde é o quê, se não um castigo?

Será que não é apego seu? Ó, ser egoísta que se realiza ao guardar pra si, algo que deveria estar cumprindo seu destino de decorar e alegrar o planeta!

Pensa comigo...

Você realmente acha que aquele adesivo do caderno que você guarda desde a quinta série, é feliz?

Pois eu acho que não.

— Pelo menos eu ainda tenho os meus, Aline.

— MAS A QUE CUSTO? A QUE CUSTO?

Menos, Aline

— Menos, Aline, menos.

Ouvi isso, umas três vezes, dia desses, de um cara que eu tava vendo pela primeira vez.

Ele não falou isso de forma grosseira, sabe?

Tipo... não foi uma "bronca", por assim dizer.

A voz era suave e tinha um sorriso ali no rosto bonito.

Mas o tom (ou o sorriso) nem sempre muda a mensagem.

Menos, Aline, menos.

Claro que já ouvi isso de outros homens, outras vezes na vida. Familiares, amigos, namorados.

Menos, Aline, menos.

E o curioso é que, embora eu não seja uma pessoa tímida, silenciosa ou discreta, também não sou do tipo que sobe na mesa e canta uma música tirando a roupa, ou beija de língua o garçom, ou derrama a cerveja na pessoa do lado e puxa uma briga só pra causar.

Eu, no máximo, me empolgo contando uma boa história, canto feliz quando toca uma música da minha adolescência e rio com vontade.

Não é assim que a gente devia rir?

Menos, Aline, menos.

Mas...

Menos, o quê?

Menos, por quê?

Quanto menos de mim você prefere que eu seja?

Qual a dose de Aline que fica confortável pra você?

Qual a medida exata desse ser aqui que você consegue suportar?

E me diz... o que DIABOS eu faço com o que sobrar????

Escondo dentro do bolso pra te deixar mais seguro de si?

Menos, Aline, menos.

E se eu for assim beeeem pequenininha e discretinha e se eu falar baixo e pouco, só o necessário, e se eu sorrir com poucos dentes, e olhar pra baixo, e esconder meu corpo e meus pensamentos, e nunca nunca nunca contar uma piada, e se eu for menos, bem menos, tão menos que não se pareça em nada comigo mesma, então... quem é que eu vou ser?

Fica bom assim pra você?

Se for tão menos eu que me torne outra pessoa?

Menos, Aline, menos.

Sabe... eu entendo que minha grandeza te assuste.

Que minha expansão te ameace.

Não deve ser fácil lidar com alguém tão maior, né?

E, pro seu azar, eu sou IMENSA!

(Mais, Aline, mais!)

Sabe a Kombi Maizena?

Tá... pra contar essa história, primeiro tenho que dizer que ela é só 5% minha.

De resto, ela pertence a uma mãe e sua filha de três anos.

A mãe era minha chefe até pouco tempo atrás e eu pegava todos os dias carona com ela pra ir pro trabalho. A filhinha de três anos ia também.

Então, foram muitos meses acompanhando uma rotina matinal de mãe e filha. Conversas profundas sobre o amor (sim), confissões do tipo "Aline, sabia que eu tirei foto pra uma loja? É... agora eu sou rica!"; seguida por "Não, filha. Agora você é chique, não rica. Chique"; questionamentos importantes como "Pra onde vai a Mula Sem Cabeça quando ela morre?"; e muitos hits de sucesso. (Aliás... vocês conhecem a música dos 44 gatos? Tem em espanhol e italiano, eu sei as duas de cor e elas não saem nunca mais da sua cabeça.)

Eu ficava ali acompanhando tudo, às vezes querendo morrer de rir, outras de explodir de fofura intensa, mas sempre me segurando, porque era o momento entre uma mãe e sua filha e isso é sagrado.

E aí, tem a Kombi Maizena.

A Kombi Maizena é uma Kombi (aaaaaah! Jura, AB? Juro!) cuja qual o dono teve a brilhante ideia de pintar como uma caixa de Maizena.

Aí vocês devem pensar: Nossa, esse cara deve ser muito divertido! Que cara legalzão. Que alto astral. Que fofo thuthuco pililico da mãe.

Olha… Eu não posso garantir, mas me parece que não. Tipo, não mesmo.

Acontece que a Kombi Maizena fazia parte de um ritual sagrado entre mãe e filha (e eu, porque entrei na dança bonitinha). Era assim: todo dia a gente encontrava a Kombi Maizena no caminho e aí a gente gritava KOMBI MAIZENA! E buzinava feliz.

Isso lá por 7h30 da manhã.

Só que o cara da Kombi nunca, NUNCA respondeu.

O que é estranho porque ele decidiu ter uma Kombi que parece um caixa de Maizena, então ele devia ter mais amor no coração e pensar nas criancinhas. Não é?

Mesmo que às 7h30 da manhã.

Mesmo que todo dia.

Não importa!

Se você tem um carro engraçado, você é obrigado a buzinar de volta! Obrigado!

Mas essa falta de Sandy e Junior no coração do dono da Kombi Maizena nunca nos desanimou.

Nada disso! A gente seguia o ritual sempre, sempre e sempre feliz.

Até que, depois de uns meses, a gente começou a não ver mais a Kombi Maizena. Seria cruel da minha parte dizer que ele mudou o horário de sair de casa pra não encontrar mais a gente. Mas no fundo do meu coração ainda acho que é isso.

Mas ó… não pensem que isso fez a gente ficar borocoxô, não.

Era uma tradição familiar (família + eu, no caso) matinal sagrada.

Então no lugar de exaltar a Kombi em si, a gente começou a comemorar diariamente ao passar pela Casa da Kombi Maizena!

Sim, a gente sabia qual era a casa.

E não, a casa não era nada de superlegal. Era só uma casa.

Não pra gente, claro. Pra gente era hora de gritar "Casa da Kombi Maizena", e seguir feliz nosso caminho.

Das poucas vezes que víamos a Kombi, era uma festa que não vou nem saber explicar aqui pra vocês!

A Kombi ter fugido de nós (digamos que seja isso), só deixou o encontro ainda mais especial (reflitam sobre a nossa paranoia).

Aí, tá.

Corta pra semana passada.

A minha chefe já não é minha chefe, e eu não pego carona com ela nem acompanho diariamente o mundo mágico da cabeça da sua menininha, o que me faz muita falta, de verdade.

Mas eu ainda trabalho no mesmo lugar e passo pelo mesmo caminho. Só que nunca mais vi a Kombi.

Nunca até esse dia da semana passada.

Estava eu, linda de formosa, no Uber, quando a Kombi Maizena saiu do portão de casa bem na hora em que eu passei.

Eu, óbvio, berrei com toda a animação do meu coração: KOMBI MAIZENA!, e o Uber quase infartou de susto.

Aí eu falei: Kombi Maizena, moço, buzina!

Ele, mais com medo do que com animação, buzinou.

Pronto. Ritual cumprido com sucesso. AB feliz!

Silêncio.

Silêncio.

Silêncio.

— Acho que ele não ouviu.

— Quem?

— Seu amigo.

— Meu amigo?

— É. Da Kombi. Acho que ele não ouviu a buzina.

— Ele não é meu amigo, não.

— Não?

— Não.

— ... Achei que fosse.

— Não.

— Conhecido?

— Não.

— Hum... E por que a buzina?

— Porque a Kombi parece uma caixa de Maizena.

— Entendi.

Entendeu nada!

Mas espero que tenha refletido muito sobre o assunto.

E que, agora, siga o caminho sagrado e luminoso de ficar feliz e fazer um breve escândalo toda vez que vê a KOMBI MAIZENA!

Amém.

Sobre a autora

Aline Brandalise, formada em jornalismo e especialista em comunicação e marketing, encontrou nas crônicas uma forma única de expressar sua visão do mundo, tanto externo quanto interno. Conhecida pelo codinome "AB", ela ganhou destaque ao publicar suas crônicas leves e ácidas nas redes sociais.

Nascida na cidade da Lapa (PR), Aline atualmente reside em Curitiba, onde atua na área de marketing educacional. Suas crônicas, quase sempre cômicas, relatam pequenos momentos vividos ou presenciados no dia a dia, transformando o cotidiano em reflexões divertidas e profundas.

Seus textos revelam o quanto viver pode ser absolutamente ridículo, e como entender isso pode ser uma experiência deliciosamente libertadora.

Este livro foi produzido no
Laboratório Gráfico Arte & Letra, com impressão
em risografia e encadernação manual.